inaba mayumi

稲葉真弓

半島へ

Kodansha Bungei bunko

目次

半島へ

☆

海のものが上ってくる。どこへ向かうのか、入り江に続く森のなかを、ひそと通り過ぎる気配があった。

枕から少し頭をもたげて耳を澄ましていた。地をこすれながら動く枯れ葉の音に似ていた。ひょっとしたら川原さんの奥さんが言っていた蟹か亀の行進かもしれない。

前年の春、川原さんが庭続きの畑で菜花を摘みながら言っていた。

「うちの庭が、亀の産卵場所になってるの。夏になると花壇の砂地に卵がごろごろ。気がつくと亀の子が群れている。それが道路の排水溝を伝って海のほうに戻っていくんよ。生まれたばっかりなのに、どうしてあっちが海ってわかるんやろね。ここなら車に轢かれないって、知ってるんやろか」

「え、海岸じゃなくても卵を産むの？」

「蟹も相当なもんよ。夏の大潮のころメス蟹が産卵のため一斉に海に降りて行くの。ぞろぞろぞろぞろ、これも大軍団や。アカテガニっていうらしいけど、海に卵を流すんやて。そいでもって海で育った子蟹が、秋になるとまたここに戻ってくるんよ。わざわざ卵を海に流しに行くなんて、難儀なことやわ」

私は、まだ海と陸を行き来するものの行進を見たことがない。いつか、海から来るもの、陸から海へと行き来するものをこの目で見たいと思っていた。

耳を開くようにして夜の深みを覗く。あのひそやかな音は蟹が海へと卵を産みに行く気配？　いやいや、それはまだ先のことだろう。ならば亀の移動だろうか？　あるいはただの風音？

牡蠣がぞろぞろと浜からこの家の下の道を通り、別の浜へと移動しているのかもしれないとも思う。岩にへばりついて動かない牡蠣の行進なんてありえないことなのに、あの無様な牡蠣に手足をつけて転がしているのは楽しい。

幻想の牡蠣は、いつだって私の脳裏を、早足で歩いていく。澄ました顔でつつと、地面を這う。水管からぴゅと潮水を吐き出しながら、一族で移動する。ごつごつ、ごろごろ、ずいぶん不器用そうな行進だが、別の浜への遠征だろうか。ひとの食卓の肴になるのがいやで、つかの間の逃走を試みているのか。そんな想像が、寝起きの頭を少しずつ、明るいものにしていった。

夜明け、寝床のなかで耳を澄まし、海からやって来るものの気配を聞いていたと話したら、近隣の人々は、おかしそうに「かっかっ」「うふふふ」と笑うだろう。

「あんたねぇ、牡蠣は動かねぇよ。あれは一生、同じ場所にいるの。道を上ってくるなんて、そりゃないない。どんな顔して上ってくるっていうのよ」と言うのはたぶん、倉田さん。

「でもいいわぁ、牡蠣の行進なんて……うちの台所にも上ってきてくれないかしら」

川原さんの奥さんならそう言うだろう。

かっかっ、うふふふ。

混じりあった笑い声を転がしているうちに眠れなくなって、枕元のランプのスイッチをひねる。

雨戸を開くと少しだけ、東の空は明るんでいた。午前五時。あと三十分もしたら雲に紫やピンク色の光彩がかかるだろう。まだ肌寒かったので、パジャマの上に薄手のカーディガンを手早くはおる。そのままベランダに出て、海へ降りる道をしげしげと眺めてみた。幅一メートルにも満たない道にはうっすらと枯れ葉が溜まっているが、動くものはどこにもなかった。あれはなんだったんだろう。外を通っていったひそやかな音は。

顔を上げると、樹間で朝を待つものたちの気配がした。たぶんメジロやウグイス。どこに巣があるのかわからないが、葉擦れや枝のこすれとは違う音がする。寝覚めの脳に届いたのは身じろぎする鳥たちの気配だったのかもしれない。

やがて、森のあちこちに青みを帯びた筋が差しこむ。樹間に広がる光の筋は、やがて明るい金色を帯びていった。

途端に森の奥から、鳥の声がにぎやかに聞えてきた。なかに「リッカ、リッカ、ピイィ」と鳴く鳥がいる。そういえば、今日は立夏《りっか》。

東京から半島にきて、もう一ヵ月がたっていた。

1

起きるのも眠るのもその日の気分まかせ。

今朝の食事は手作りのジャム類とパン、野菜たっぷりのスープだった。朝食を終えるとテーブルを片づけ、洗濯物や布団を干す。あとは、毎朝の習慣となった森への散歩。長靴をはき、愛用のリュックを背負う。旺盛に広がる暗い繁みの方へと、庭の斜面を降りていく。

背後にあるのは倉田さんの広大な竹林とうちの小屋。大阪からときどきやってくる望月さんの家。望月さん宅の向かいには、二、三ヵ月に一度奈良からやってくる平岡さんの家。やや離れて、ここでは古株の移住者である自然染め作家の橘さんの家と工房。その先にはやはり移住組の元製紙会社の重役だった川原さんの家がある。

どの家も敷地は三百坪余あるから、ゆったりとしている。みな六十代後半から八十代にかけての高齢者。リタイア後にこの地に来たひとばかりだ。

彼らは庭で四季折々の野菜や果物を作り、体調がよければゴルフや町のプールに行き、あとはひっそりと家のなかで過ごす。にぎやかなのは、週に一、二度、工房で自然染めを教えている橘さんの家だけ。生徒さんが来る日は、笑い声のさざなみが聞える。

うちの小屋はそのささやかな集落の一番端。斜面になったV字型の敷地に建っている。家の前までは舗装されたアスファルトの道だが、V字の斜面が始まる地点でぷつんと截断《せつだん》されている。電気も水道もうちの小屋まで。つまりライフラインのどんづまりだった。先は車どころかひとひとりやっと通れる程度の農道があるだけ。普段は私しか通らない入り江までの道だ。

斜面下は左手が広大な森、右手に沼地と化した田が広がっている。

「そりゃ、きれいな道やったよ。ここからは海が見えて、農道の両側にはスミレやアザミ、なんかようわからんが小さな野の花がいっぱい咲くんよ。田んぼがずっと海まで続いとった。ときどき雑誌に里山の風景が載っとるやろ、とろっとした緑の塊と額みたいな田んぼがある、そう、あんな感じ。秋には森のなかにマツタケやシメジが生えるからね、子どものころ、よくとりに来た。マツタケ、すき焼きにしたの覚えとるよ。肉よりマツタケのほうが多いんよ。贅沢やったねぇ」

花壇を整備するための土を買ったとき、軽トラックでやってきた園芸店の男が、斜面を見下ろしながら土地のひと特有の柔らかなイントネーションで言っていた。いまは生い茂った樹木に隠されて海も見えないし、マツタケもシメジも見かけない。「海まで続いていた」という田は、一九六〇年代ごろから耕作放棄地となり、田以前の姿に戻ってしまった。

だれも管理しない土地は荒れ放題だ。生えているのはセイタカアワダチソウとスゲ、ガマ、笹竹、湿地に根をおろした雑木ばかり。沼のへりにはドクダミや水草が抜いても抜いても顔を出す。

小屋の真下にある四十坪の田も沼地と化しているが、腐った樹木や泥のにおいがしないのは、数ヵ所にわき水があって絶えず水が流れているからだった。水は丈高いガマやスゲの根元をさらさらと通り抜け、最後は下の入り江へと流れこむ。荒れた土地でも水だけは、水脈を変えつつ生き延びているのだった。

頭上は、かまびすしい鳥の声と木漏れ日が混じりあって明るい。散歩には最適の天気だ。少しずつ私の歩調は大股になる。向かうのは農道の突端にある小さな入り江だ。寄り道せずに行けばほぼ十分の直線コースだが、見慣れない倒木や、頭上の鳥の巣に気を取られ、いつだってまっすぐたどり着けない。

入り江に行くのに最初に通るのが、V字の敷地との境界にある小さな木の橋。幅三十センチ、長さ百五十センチ。しっかりとした板を二重にして、縄でぐるぐる巻きにしてある。縄は補強と滑らないための用心だ。

　雨水が通り抜ける自然の溝に、木橋をかけたのは数年前のことだった。元は、昭和三十九年に亡くなった父の書斎にあった特注の本箱だった。

　八年ほど前、母の家が建て替えをすることになり、古い家具や建具はすべて不用品となった。なかに「もったいないねぇ、これヒノキだよ。だれか使わないかね。これを捨てるなんてね」と母が無念そうに眺めていた本箱があった。英語教師をしていた父が、気に入りの洋書を並べていたのが思い出された。空っぽの本箱は、本が詰まっていたところは削り立ての木肌の色、外側は黒っぽく変色していた。母の無念と嘆きはかたわらにいた私に乗り移り、つい譲り受けることになったが、いざ橋にしようと決めた際、分厚くてしっかりした作りだったから解体するのに苦労した。しかし頑丈なぶん、安定感は抜群だった。

「いいねぇ」とたまたまやってきた母が言った。

「うん、すごく渡りやすいよ」

「ユキオさんだ」

「え？」

「橋の名前だよ。ユキオさんにしよう」

　ユキオさん。それは四十三歳で病死した若い夫の名、本箱の持ち主だった私の父の名前だ。飴色の木肌が周辺の風景に溶けこみ、なんとなく地境の守役のようにも見える。

母の家の屋根に乗っていた古い黒瓦、台所の物入れにあった漬物石や梅干しを漬けこんでいた瀬戸焼の壺や甕、クモの巣が貼りついていた手水鉢なども半島の家にやってきた。黒い瓦は花壇の囲いに、漬物石は土に埋めこんで庭の飛び石に、壺や甕は小鳥たちのための水飲み場、手水鉢は玄関先の花活けになった。

実家からやってきた道具類、がらくた類が落ち着き場所を得るにはそれなりの時間がかかったが、樹脂製やプラスチック製のものとは違い、どこに置いても目立たない。なかでも一番土地になじみ、日々役立ったものが、本箱で作った橋だった。私の日課の始まりはまずこの橋を渡ること。集落へと回りこむ上の道路を通るより、はるかに早く森や入り江にたどりつく。

「ユキオさんの橋」を渡ると、目の前は一気に影で覆われる。ウバメガシ、松、杉、ヤマツツジ、リョウブなどの樹木が生い茂った小暗い農道は、ひとひとり通れるほどの幅しかないが、踏み出せばすぐに光の世界から影の世界へ旅する気分になった。

私はちょっと立ち止まる。農道からまっすぐ入り江に行くのはつまらない、やっぱり森を抜けて行こうと向きを変える。起伏はかなりあるが、樹木にしがみついて斜面を登ったり降りたりしたほうが、思いがけないものに会えるからだ。倒木を覆う真っ青な苔は、その糸状の繊細な形や水分をたっぷりとたたえた色がいつ見ても見飽きないし、樹間に糸を張っている巨大な蜘蛛の巣にも会える。重なりあった樹木の枝が傘の役目を果たしてくれるから、雨の日もさして濡れずに通ることができる。

今日は晴天。ヤマツツジがいたるところで真っ赤に燃えている。私は、真緑の空気が流れる森を、木をまたいだり木の実を拾ったりしながら歩いていく。拾った木の実はズボンのポケットへ。珍しい葉っぱはリュックに入れてきた野草図鑑にはさみこむ。

深く切れこんだ入り江に着くころには、汗びっしょりだ。養殖業者の作業小屋の向こうに、青い海が広がっている。チドリだろうか、小さな鳥がすいすいと空を横切る。軽やかですばしこい飛翔。音はどこにもなかった。さえぎるもののない広い空が、入り江全体を晴れやかにしていた。

一ヵ月前までは東京の湾岸沿いのマンションにいた。十一階建てマンションの五階のベランダから、毎日、乾いた灰白色の建物の群れや四車線の国道を見下ろしていた。昼夜を問わずに通りすぎていく車の列、近くの小中学校から聞える子供たちの歓声、年中どこからか聞えてくる道路工事の騒音、けたたましい救急車やパトカーのサイレン、あるいは夜ごと東京湾の埠頭に向かう暴走族の爆音。梅雨明けから秋の彼岸後まで続くアスファルトのぎらついた照り返し。それらがなじんだ東京の日常だった。

ここに来たのは、ちょうど春分の混雑が過ぎたころだった。

半年か一年かわからないが、とりあえずの休暇だと決めていた。

やり残してきたことはなかったか。私は新幹線のシートにもたれ、ひとつひとつを確認した。郵便物や宅配便を半島で受け取るための転居届は出してある。新聞購読も断ってきた。冷蔵庫のなか、猫の餌箱、水入れも空にした。マンションの管理人にはいざというときのために連絡先をメモして渡し、「なにかあったときはすぐに戻りますから」と伝えてきた。ベランダの植物は、段ボール箱に詰めてもう送ったし、ガスも水道も元栓を止めた。健康保険証もパスポートも預金通帳もカード類もバッグの片隅に入れてある。

仕事は半島でできることだけを引き受ければいい。

長いつきあいだった小出版社や編集プロダクションの担当者には「海外というわけじゃなし、近距離ですから」と私はのんきに言った。東京から三重県の志摩半島までは、五時間程度の旅程なのだ。不測の事態があったら半日で飛んで帰ることができる。

自宅マンションから持ってきたのはノートパソコンと最低限必要な着替えと数十冊の本とよく聞いていた音楽CD数枚。連れは一緒に暮らしてきた十一歳の雄猫だけ。十年以上共に暮らした相棒は、私が半島に行くときこれまでも一緒だったから、新幹線や私鉄の旅に慣れている。たまに「早く出して」と足元で鳴くけれど、粗相もせずにキャリーケースの中でじっとしていた。

なじんだ東京を長期で離れるのは初めてだった。どんな生活が待っているのか。かすかな不安を覚える一方で、私は、若いころ、田舎から東京に来たときの楽観を思い出さずにはいられなかった。あのときも、思っていた。だいじょうぶ、だいじょうぶ。なんとかなるさ。闇が深い田舎から、ネオンにまぶされた夜の明るさに慣れればいいだけ。今回は逆のことを思っていた。明るい夜から闇に慣れればいいだけ。すぐに私は慣れるだろう。たった五百キロ程度の距離なのだ。

いま見ている風景には、人工的なものがほとんどない。養殖業者の小屋に電気を引きこむための電信柱ぐらい。あるのは、森と浜の連なり、そして灰色と赤味を帯びた無数の崖。

崖。ここで最初になじんだのは、いたるところに屹立している崖だった。

それらの崖を目にするたびに私は、自分がとんでもない思い違いをしていたことを思い出し、つい笑ってしまう。長い間この土地の地層を、脆くてあやういものだと信じこんでいたからだ。ここは時間の終末期、老いた地層で成り立っている場所だと。

ところが違った。間違いだった。気づいたのは、たまたま東京の図書館で見つけた本のおかげだった。

そのころ、私は岩石の収集・研究をしている老人の私家版「石の人生」なる聞き書きの原稿整理を引き受けていた。なかに貴重な石が見つかるという地層のことが書いてあった。地層？　へぇ、地層で石の種類が変るの？　ふと興味を惹かれ、地学関係の本を手に取った際、その一冊に行き当たった。

小屋のある志摩半島の地層はどんな種類だろう、白く乾いた崩れやすそうなあの地層の名前を知りたいと、自然に視線が動いていた。ついでに全国の「地すべり防止区域・危険個所」を印した資料も見つけ出した。なにげなく二つを見比べるうち、あっと私は声をあげそうになった。ページから現れた志摩半島の地層には、危険個所がどこにもないのだ。隣接する鳥羽市、南伊勢町には丸印のついた危険個所が何ヵ所もあるのに、危ないと思っていた半島には丸印が皆無だった。

ほんとうだろうか。疑いつつ、なじみのない地質名、地層の文字列を、息を詰めるように読んでみた。危険個所のある鳥羽市の地層は古生代御荷鉾緑色岩類、南伊勢町は古生代二畳系から石炭系の秩父層群となっている。「コセイダイミカブリョクショクガンルイ」「コセイダイニジョウケイ」「セキタンケイチチブソウグン」。響きは、経文のように普段使わない咽喉の筋肉をひきつらせた。

一方の志摩半島の地層は、中生代白亜系からジュラ系の和泉層群、領石層群、鳥巣層群、四万十層群の四層からなっている。あ、白亜紀やジュラ紀なら知っている。アンモナイトや恐竜など爬虫類が出現、シダ類にかわって被子植物が勢力を持ち始めた時代だ。人類がまだいない、未分化な地球が脳裏をよぎる。「イズミソウグン」「リョウセキソウグン」「トリノスソウグン」「シマントソウグン」。響きもどことなくやさしかった。

地殻変動によって海から押し上げられた土地らしいこともわかった。そうか、ここは海底に眠っていた土地だったのか。一億年前のことなど想像もつかないが、むき出しになった白い崖のイメージは、白亜紀、ジュラ紀という響きのいい言葉とともに、親しみを帯びて身内に広がった。アンモナイトや恐竜たちの王国が〝ご先祖〟と思うと体内にすごい勢いで中生代が打ち寄せるようだった。原始を抱えて地上にやってきたもの、地殻変動に耐えて長い年月生き延びたものが、私の足元を支えていたなんて。わ、すごい。掘れば貴重種の化石がざくざくと出てくるかもしれない。胸が躍った。

地図を逆さまにしてみると、半島は首の長い鳥が毛づくろいをするときの形に似ていた。鉤型の、深く内に曲がった先端部は、湾を包みこむ堡塁のようでもある。私の小屋はまさにその、鳥の首のほとりにある。「あんな崖続きの土地だもの、もろく弱いに違いない」。そんな思いこみを一冊の本は一瞬で打ち砕いた。

思えば、志摩半島に家を建てることになったのは、十数年前の小さな旅がきっかけだった。森と入り組んだリアス式の海岸だけが続く場所に迷いこみ、半日途方に暮れながら歩いた。そのとき、どの岬、どの入り江に立っても、白く乾いた崖が目に飛びこんできた。海に向かって傾いた松のすさまじくねじれた根、斜面にしがみついているウバメガシの姿が青い海と一体となって美しかった。それらの木々を支える土地が、いずれも地層がむき出しになった崖になっているのも好ましかった。

あるいは当時の私は、自分のなかのあやうさを持て余していたのかもしれない。別れた男、親しかった友人の死、同じ場所を周回するしかない変化のない日々。どこでもいい、逃げ出す場所が欲しかった。そんなとき、人間のにおいのまるでない、鉱物のかたまりのような無機質な崖に出会った。

見回すと半島は崖だらけ。それも海風にさらされ続けたほとんどぼろぼろに見える崖ばかり。なんて禁欲的で無愛想。それがよかった。だれも見向きもしない崖だけが、私をほっとさせたのだ。なのに……。私は呟く。

「なんてお調子ものだったんだろう。あやうさ、脆さがきみの特質だと思いこんでいたりして、申し訳ないことをしてしまった。でも仕方ないんだ。あのころの私は崩ればかりに目がいっていたんだから。ほら、わかるでしょ。何かに同化したい気分ってやつよ」

だからといって、崖への思いが冷淡になったわけではない。そうか、太古から生き延びた土地だったんだという感慨は、より強固に半島への愛着をかきたてた。

一昨年の秋の夜、突き上げるような地震を感じたときも、家は揺れたが妙に腹が据わっていた。そもそも半島の家はいつも訪れるひとを驚かす。斜面に打ちこんだ基礎と丈高い鉄骨の土台の上に乗っている形態が、一様に不安を誘うらしいのだ。みんな見上げつつこういう。

「危なっかしい家やな。こんな急斜面やし、大丈夫かいな。登ったり降りたりも大変や」

ひとりものの女が、ふらりと東京からやってきて、売れ残っていた土地に家を建てる。それも好奇心や怪訝を誘う理由だったに違いない。

一階は十二畳のLDKと六畳の和室、二階は吹き抜けに六畳の洋室。外から見るとやけにノッポで細身の家。けれども、地すべり危険地域から外れた強い土地、土が粘ったゴムみたいに家の基礎や土台をフリーズしてくれていると信じこんだ私は、以後なんと言われても平気でいられた。地震の際も、揺れがおさまるまで、案外落ち着いて待つことができた。

吹き抜けの天井の、ヒノキの梁から吊るされた照明器具は、ちょっとした笑いのさざめきのように輪を描いた。最初は右に回り、次に左に揺れた。そこにかすかな上下運動が加わり、微妙な波動はやがてひとつふたつの円環を描きながらゆっくりと止まった。

地滑りはしばらくあとでやってくるという。

くるだろうか。こないだろうか。

私はサッシ戸を大きく開き、ベランダから下の斜面を覗きこんだ。黒々とした闇から虫の声はりんりんと響き、大地から湧きあがるようだった。樹木の影はさっき地震があったにもかかわらず、深閑と静まり返っていた。葉擦れの音もしないし、地滑りの前触れという地鳴りの音も聞えない。吸いこまれそうな静寂だけが広がっていた。

あれからだ。私はひとが「え、しばらく向こうに行くんですか。これまで通り、通えばいいじゃないですか？　どういう心境の変化です？」と尋ねるたびにこう答えることにした。

「地層がね、呼んだんですよ。むき出しなんだけど強そうで……」

「足下の白亜紀とジュラ紀が呼んだんです」と言ってもよかった。どちらでもよかった。私はそう答えるたびに相手がきょとんとしたり、腑に落ちない顔をするのが愉快だった。

「地層ねぇ……なんだかよくわからない理由だなぁ。それにね、仕事のことを思えば東京のほうが便利でしょう?」

うまく説明できないのはわかっていた。そもそも十数年前、旅から戻ってまもなく半島に小さな家を建てることになったときも、私は自分の無鉄砲な衝動をどうひとに説明したらいいのかわからなかった。そこかしこに心惹かれる崖があったから。崩れそうなその形が忘れられなくなったから。隠れ家は思いがけない場所のほうが素敵でしょ。

そんな曖昧な説明を繰り返しているうちに、自分のいい加減な受け答えが嫌になった。やがて「隠れ家なら、だれにも話す必要はないよね」と雲隠れを決めこみ、ひとりで半島に通っていた。

一日いれば、それだけで体に風が通り抜けた。その一日、あるいは夏の一週間が東京の周回から抜け出す私の、秘密めいた休養の時間。部屋で留守番電話が不在を告げている。その瞬間、私は大切ななにか(たとえばお金になる仕事、友人との楽しい会食)を失ったかもしれないが、同時にそこにいないことがもたらす快感にうっとりした。その快感が「しばらく半島で暮らしてみよう」、そんな思いにつながったのかもしれない。

いてもいなくても、日々は似たような形で過ぎていく。みんな私がいないことを気にしない。なぜ、そこにいる必要があるのだろう。東京に居続けるメリットってなんなんだろう。答えの出ない一人問答は、「決めたあとはどうにでもなれ。なんとかなるさ」という開き直りへと変っていった。

それにしても、およそ三十年、よくもあんなに無邪気に信じていられたものだと思う。半島に家を持つまでの私は、自分の生きる場所、必要とされている場所は東京しかないと思っていた。友人にもよく言ったものだ。東京って、最高。絶対に離れたくないわ。肌に合うのよ。みんなオノボリサンみたいなもんだし。擦れ違ったらそれで終わり。だれも振り返らないのが気持ちいい。故郷喪失するならやっぱり東京だよね。

二十代の終わり、同棲していた男と一緒に上京したとき、私は男の首ったまにしがみついて上ずった声で言った。「あー、すごい。ひとがいっぱい。ものがいっぱい。まず地下鉄の路線図を覚えなくちゃね」

名古屋近郊の田園地帯で古い一軒家を借りていた私たちは、田んぼの向こうの新興住宅地にぽつりぽつりと点る夜の光は知っていても、林立する高層ビルの光は知らなかった。名古屋の街も、有名なのは地下街と百メートル道路程度で、ビル群に関しては東京に比べたらずっと地味だった。

「今日もひとがいっぱい、人間の臭気がいっぱい」

チカンにお尻を撫でられ、無表情の若者に足を踏まれ、バッグを引きちぎられそうになりつつも私は毎日が楽しかった。終電車にひしめく酔っ払いの酸っぱい息、雑踏のなかの立ちくらみ、チカンへの腹立ち、すべてをひっくるめても東京は田舎よりも濃い生気があふれていた。

私たちは、休日のたびに夜景を眺めるため高層ビルのレストランに行き、手足が楽々と伸ばせるサウナつき銭湯に通い、新宿や渋谷の交差点を人にぶつからないように早足で歩くことを覚えた。鈍重な田舎娘のうろこがはがれて、体は日々軽くなっていった。

本屋には新刊本がどっさりとあったし、欲しいレコードはすぐに見つかった。街角には音楽があふれ、しゃれた看板に惹かれて暗く狭い階段を降りると、コルトレーンやM・デイビスにたやすく会うことができた。

上京から十年後、私たちは別れたが、共同生活者だったひとも私も、故郷に帰ることはなかった。都心の1DKのマンションでひとり暮らしを始めたときも、私は思っていた。昔の友人や恋人や故郷とは疎遠になっても、私には東京がある。このさきずっといるだろう場所、それが東京だと。ここで絶対に生きてやる。それなのに、この静寂の世界、無人の入り江に立つ私は、まるで正反対のことを口にしそうになっている。

私にはここがある。東京がなくなっても、とりあえずここがある。ここにいれば、きっと私は生き延びるだろう。だって……ひとは笑うかもしれないが、ここは強い土地なんだもの。

なんて奇妙ななりゆきだろうと、私は歩きながら思う。いつの間にか、東京と半島が反転している。ここが主で東京は従へと転落しつつあるのだ。そんなことはついぞなかったことだ。私がこれまで生活のために闘ってきた場所は東京であり、あの都市以外にはなかったはずだ。それがどうだ。ろくに仕事もせずにうろつき回っているこの半島が、いまは生き延びる幻想につながる場所になるなんて。

しばらくの休暇と決めた時間をここで始めてみると、東京は少しずつ遠くなっていった。ネオンサインの夢も見ないし、なじんだバーで飲んだ高級なブランデーの味も忘れてしまった。

銀座をぶらついたり、青山のブティックをはしごしたり、ブレスレットやネックレスやイヤリングをじゃらじゃらくっつけて歩いていた日々はどこに行ってしまったのか。

毎日、でかけるときはサスペンダーつきの黒い綿ズボンに厚手の木綿の白いシャツ。それに黄色と黒の豹柄の長靴。ポケットのたくさんついた園芸用のエプロンと花柄の軍手。花柄の軍手なんて、東京にいるときには存在すら知らなかった。色あせた麦わら帽子も気に入りのひとつだ。豹柄の長靴は、せめて足元だけでも草原を走るジャガーやライオンの気分になりたかったからだ。

なんておしゃれ。なんてバランスのいい散歩ファッション。どこか戦闘的なのもいい。

東京のウィンドーで「こんなの欲しい」と眺めた数万円の服の、いま思えばなんというばかばかしさ、軟弱さよと私は、若いころの自分に言いたかった。

あるいはこの感覚が奈々子が言っていた「サバイバル探し」につながるのかもしれなかった。

奈々子……あっという間に消えた東京の友だち。十年以上、だれよりも親しくつきあったのに、自分から向こうへと行ってしまった。理由は彼女にしかわからないだろう。あるいは彼女自身にも説明のしようのないなりゆきがあったのかもしれない。いまでは、彼女の口癖「この先のテーマはサバイバル」とか「クソみたいな仕事はおしまいにする」といった言葉も以前ほど頻繁には思い出さなくなった。同世代の同業者だったから、編集プロダクションの請け負い仕事をよく手伝ってもらった。いつも気の立ったライオンみたいに髪を振り立てていた女でも、ふいになにかに足をとられることがあるのだろうか。

奈々子はいま私が「休暇」と称して、彼女の知らない場所にいることをどんなふうに思うだろう。私が半島に家を建てたのは、彼女が消えてまもなくだった。私の「隠れ家」は、ついに彼女との共有の時間を持たなかった。それが唯一の心残りだ。

眼下の入り江の、どこまでも凹凸の続く海岸線がまぶしい。湾の向こうにはお団子みたいな無人島がぽっかりと浮かんでいる。今日は島へ渡る養殖業者の船も見えない。船が行き来すると入り江のあちこちに白い波立ちが広がるが、いまは青い水が平らに入り江を包んでいる。音といえば、満ち始めた潮の水が、岸の岩場を洗う音だけ。

リアス海岸のことを別名、溺れ谷というそうだ。海水の浸食や地殻の隆起を繰り返したあげく、なだらかな地形を失った谷のような海辺。この半島の入り組んだ地形は、紀伊半島、熊野灘まで続いているが、凹凸が激しい分、人間のひとりやふたり、呑みこんでしまいそうな淵や洞、深い陸棚がたくさんある。

外見は波が静かな入り江でも、一歩海に入れば別世界、地上からは見えない口が無数にあって、それが溺れという言葉につながったのだろうか。入り江の向こうにはまた別の岬があり、その岬を回りこめばまたこぢんまりとした入り江があるという具合に、どこまで歩いても似たような風景ばかり。境界がないのだ。崖に立てば、その境界のない世界がはっきりと見えた。人も車も信号機もないからがらんと明るい広大な世界。

いつも思う。都会にも溺れ谷は無数にある。奈々子のように、たった一本の腰ひもでも、谷に落ちて行くことはできるのだった。

今日も、半島佳日。崖から湾を見下ろしながら、私はひととき、ひとけのない静けさに溺れていく。ヤマツツジのピンクを背後に、奈々子の影を追い払う。白いシャツの袖が、海からの光にまぶしかった。

散歩から帰ると、玄関先に掘り立てのタケノコが積み上げてあった。倉田さんが届けてくれたのだろう。九本の太ったタケノコだった。

去年は一ヵ月で三百本以上掘ったそうだ。いまはタケノコの最盛期、この時期の倉田さんは忙しそうだ。掘る、ゆでる、皮を剝がし、均一の大きさのものを揃えて殺菌消毒した瓶に詰める。庭先に置いた釜の中はいつだって湯が煮えたぎっている。燃料はすべて竹林の雑木だから、掘りに行く合間に釜の火の様子を覗き、木蓋を持ち上げてゆだり加減を見る。その動きが、一定の時間と速度で繰り返されるので、せわしないことおびただしかった。

このところ、雨が続いたからタケノコの成育は早い。おかげで近所へのおすそわけも多かった。

いつだったか、言っていた。

「竹林んなかを通ると、眠気が覚めるね。竹には、体内の毒気を吸い取るなんかがあるのかも知れねぇよ」

「毒気？　竹のどこが毒気を吸うの？」

からかい半分尋ねると、倉田さんは「うーん」としばらく首をかしげ、「節かな。あんなかは真空だし、真空ってことは宇宙みたいなもんやないか。それにさ、タケノコは一日に何十センチも伸びるだろ。あのエネルギーが、こっちに乗り移るんかね。うまく言えねぇけど、竹林を通ると、この先、死にそうにないような気がするよ。私、もう七十だがこの分だと、あと三十年はいけるかも」

竹の節のなかはほんとうに真空なのだろうか。

釣りが好きで奈良県の自宅からこの半島によく来ていたが、たまたま知りあったひとが、千坪近い竹林つきの土地を売りに出していた。竹林つきの家なんて滅多にないと迷わずそれに飛びつき、家族の猛反対を振り切って定年後この地にやってきたのだ。以来、竹林は倉田さんの聖地になった。

私は台所のシンク下から昨年買いこんだ大鍋を引っ張り出し、タケノコをゆでる準備をする。泥を落とすとき、ぷんと竹林の香が広がった。柔らかな腐葉土のにおいだ。

たぶんこの日から一週間近く、食卓はタケノコ料理で埋まるだろう。刺し身、若竹煮、味噌和え、タケノコご飯、油炒め、卵でとじたタケノコ丼など。この季節、どの家でも倉田さんちのタケノコのおすそわけにあずかるから、顔を合わせれば近隣の人たちで言いあう。

「ああ、体のなかに竹が生えそうや」

「そういえば少し背がのびたんじゃないですか」

「うれしい。竹のエキスのおかげかしら」

「いえいえ、倉田さんのおかげです」

2

数日前、佳世子さんにはちみつをわけてもらう約束をしていた。

「これから行っていい？」と電話をすると、「了解」と屈託のない声が返ってきた。いつの間にか日差しが少し強くなっている。麦わら帽子をかぶり、背中には空っぽのリュックを背負った。

雨戸を閉ざしたままの望月さん、平岡さんの家の前を過ぎ、入り江への道とは真反対の東へと向かう。舗装道路を十五分ほど上っていくと、数軒固まっているNという集落がある。いずれも代々住んでいるひとたちの家だ。どかんと大きな二階建ての瓦屋根が光を照り返している。庭先に海草を干す箱を並べている家は、海苔の養殖業者の家なのだろう。どの家も庭先から奥が深く、裕福そうだ。

坂を上りきると、南東の端に佳世子さん夫婦の家があった。門柱、門扉はどこにもない。いきなり道路から敷地に入る農家の作りである。車用の砂利を敷いた門先に低い槙の垣根があり、道路側に伸びた枝の一本に「越智養蜂」と書いた板がぶら下がっている。この板が出ているときは、「在宅」の印。勢いのある達者な墨文字は、夫の洋司さんのものだ。

停めてある軽トラックの向こうに、佳世子さんが「蜜工場」と呼ぶ別棟がある。「こんにちは」と声をかけると佳世子さんが低い棟からにこにこと顔を出した。

「忘れているのかと思っていた。届けてもよかったんだけど」

手招きするように片手を振りながら言った。

はちみつを搾る仕事は一段落したらしく、作業小屋のテーブルの上には琥珀色に輝くガラス瓶がずらりと並んでいた。どの瓶も窓からの光を受けてきらきらと光っている。室内に漂う甘いにおいと、重みのある透明な液の美しさに私は思わず声を上げてしまう。

「どれも透き通っている。黄金の蜜ね」

「不純物なしだもの。いま机の上、片づけるからちょっと待って」

はちみつは花の種類によって色が違う。菜の花から採ったはちみつは濃い黄色、もったりとした白はアカシアだそうだ。蜜源によってはちみつの色が違うことを教えてくれたのも佳世子さんだった。

薄い黄色を瓶内にためこんでいるのはいまが旬のレンゲ。私は粘りのあるアカシアのはちみつが好きだが、それはもう少し待たねばならないだろう。

「二キロ入りでよかった?」

「ええ」

「持って帰るには少し重いけど」

「だいじょうぶ。これがあるから」

私は背中から降ろしたリュックを、ぽんと手でひとつ叩く。深紅のリュックはここでのおしゃれのひとつ。日によって赤、青、薄いベージュ、いくつものリュックを使い分ける。どれも森の緑に映える色ばかりだ。

佳世子さんはスーパーで使うポリ袋にずっしりと重いはちみつの瓶を入れ、「ちょうどよかった。お茶にしようと思っていたところ」と言った。ひとが訪れれば作業小屋では時間を問わずティータイムが始まる。私はそれを見越して「越智養蜂」に押しかけるのだ。

出てくるお茶がたいてい紅茶なのは、はちみつと相性がいいからだろう。「どう、この味」と試飲を頼まれることもある。はちみつのためのお茶だから、佳世子さんは茶葉の選定に手を抜かない。はちみつに合う紅茶を慎重に選び、毎月まとめてネットで仕入れている。口当たりがさわやかな、香りのいい紅茶ばかりだった。

「この間、ドシャブリの木を見たわ」

教えてくれたのは倉田さんだ。竹林を抜けてうちの敷地にふらりと現れ、洗濯物を干していた私に「あんた、木がドシャブリだよ」と大声で言った。

「ドシャブリってなんですか？」

びっくりして尋ねると、倉田さんは続けた。数日前、タケノコを掘るついでに、邪魔になっていた竹林のなかの雑木を何本か伐った。その木が朝、雨も降らないのにびしょびしょに濡れているのに気づいたそうだ。

「……へぇ、びしょびしょ？　夜露じゃないの」

言いつつ、急いで長靴をはいて倉田さんについて行くと、ひと抱えもありそうな木が数本、竹林のなかに横たわっていた。なるほど。かたわらにある株はびしょぬれだ。地上三十センチほどのところで切断された木肌を、透き通った水が音もなく伝い落ちていた。その透明な水の滲出のせいで、象の肌を思わせるざらついた木肌が生々しかった。

手を伸べると、濡れた木の株は零下の地表のように冷たかった。なんだか木が泣いているみたいだと思ったが、伐った本人の倉田さんには言えなかった。

小屋の丸椅子に座りこみ、こんな話を佳世子さんに報告するのもいつものことだ。しばらく半島に滞在することを真っ先に話したのも佳世子さんだった。そのとき佳世子さんは言ったものだ。「どんな理由からか知らないけど、もともとあなたの小屋なんだし、好きなだけいて、したいことだけをして、気が済んだらまた東京に戻ればいいわ。ただ、ひとつだけ言っておく。どんなにここがよく見えても、いやなことだってときにはあるわよ」

私は、その率直な言葉がなによりも有り難かった。しがらみだって、争いだってここにはあるのだ。村八分になることだってあるかもしれない。佳世子さんが言いたいのは、どこにもユートピアなんてないというあたりまえのことだった。

「ドシャブリの木？　ああ、私も倉田さんから聞いたけど、別に珍しい話じゃないわよ」

「なんだ、知ってたの」

私は少しがっかりする。

地産のはちみつは周辺の人々に人気があり、移住者もしょっちゅう出入りする。倉田さんもその一人。タケノコ持参ついでに紅茶を飲みながら「あんた、今朝は木がドシャブリだった」と話していったらしい。

「初めて見たからびっくりした。木ってあんなふうに水を吸ったり吐いたりするの？」

佳世子さんは紅茶のポットに湯を注意深く注ぎながら、「そうねぇ」とゆったりとした口調で言った。

「たぶん、それはモチノキだと思う。何年前だったかな、私、夏のさなか、幹のなかをざあざあと水が通るモチノキを見たことがある。田んぼのあぜに立っている木だったけど、水を吸い上げる音がはっきりと聞えた。地の底で鳴っているような音だったよ」

「水を吸う木なんて、まるでホラー」

「人も咽喉が渇けば水を飲むじゃない。雨が降らない乾期、木だって必死に水を汲み上げるのよ」

　佳世子さんは森や林にある木のこともよく知っていて、いつも私はその博識にびっくりする。食べられる木の実の種類を何種類も挙げられて面食らったこともある。一緒に散歩などしていると、あ、これはおいしいのよと声を上げるのはいつも佳世子さんで、気がつくと私の口は桑の実の紫色の果肉や、ヤマモモの赤い汁、野イチゴの甘酸っぱい粒が押しこまれている。

　ジーンズのつなぎを着て、どこかの商店のロゴの入った白いタオルを首に巻きつけた佳世子さんは、古い集落に住んでいるが、在のひととは少し雰囲気が違う。結婚する前、東京にいたことがあるせいだろう。いつだったか、夫の洋司さんとのなれ初めを聞いたことがあるが、多摩川の土手で知りあったと言う。洋司さんはそのころ、都内にある衛生陶器会社に勤務、府中の寮で一人暮らしをしていた。同じ府中にいた佳世子さんは母親と二人暮らし、都内の鉄工会社に通い営業部門の事務をしていたそうだ。

「鉄工会社？」

　小柄で華奢な佳世子さんが、鉄にかかわっていたのが意外で、私はつい不躾に佳世子さんの全身を眺め渡した。

「そう、川崎の工業団地で働いていた叔父の紹介。ボルトやねじなんかを作っている小さな会社で、忙しいときは、私、でき上がったねじやボルトの点検や洗いの仕事も手伝ったわよ。他にも教わったことはたくさんあるけど、もとは鉄の女なのよ、私」

うふふと佳世子さんはいたずらっぽく笑った。鉄の会社にいた佳世子さんが、どういういきさつでとろとろのはちみつ屋の妻になったのか、いまひとつ経緯がわからなくて私はぽかんとした。そんな私をおかしそうに眺めながら、佳世子さんは続けたものだ。

「働いてた会社が倒産しそうになって。女だから一番最初に首を切られた。悔しいやら、情けないやら。これからどうするかなぁと思いながら、多摩川の堤防を走ってたんだけど、そのころ、うちのひとに出会った」

洋司さんの話をするときの佳世子さんは、いつもうれしそうだ。

「私が悔しくて走っているとき、うちのひとも会社の人間関係が嫌になっててね。実家に帰るか東京にい続けるか悩んでたらしい。毎朝毎朝、土手で顔を合わせるうちになんとなく挨拶するようになって……いわば私たち、傷心のマラソン仲間なのよ」

鉄の女と傷心のマラソン？　なるほどと私は頷き、「……いまも二人で走るの？」と聞いてみた。

佳世子さんはほっそりした腕を勢いよく振って「まさかね」と笑った。

「そんなひまなんかありません。蜂の世話だけで一日が潰れるんだもの。蜜源の管理もあるし、ほら、レンゲ畑」

そう、私と佳世子さんとは、レンゲ畑の近くで会ったのだ。半島に家を建てて数年後の春、まだ健脚だった母を愛知県の実家から連れ出し、一緒に散歩しているときだった。いつもは通らない上の道をぐるりと回って入り江に降りてみようと、一度も歩いたことのない道を歩いていた。

あっと目を見張ったのは、海かと思って降りた場所に、何枚もの棚田が広がっていたからだ。たまたまレンゲの花が真盛り。ピンクの絨毯を敷き詰めたようだった。周辺は傾いたウバメガシの森。森の奥にいきなり水田があるなんて……。私は意表をつかれ、「見て、見て」と母に向かって声を上げた。

実家の近くにも、レンゲを栽培する農家があった。地面いっぱいに広がるなだらかなピンクのなかで花束や髪飾りをつくるのが楽しくて、よく田に入りこんでは遊んだものだ。ふかふかの緑の葉と、ぼーっと眠たげな小さな花。張り巡らされた根のせいで足元の土はいつも引き締まっていた。裏作の緑肥や飼料用にレンゲが重宝されることなど当時は知らなかったから、だれかが毎年、花咲爺さんのように種をまいているのだと思っていた。そのレンゲ畑はいつしか新興住宅地に変っていた。

「こんなに広々としたレンゲ畑、久しぶりに見た」と母が言った。

「私もよ。なつかしいなぁ」

二人で話しながら、段々になった田んぼを見下ろしていた。よく見るとみつばちがしきりに飛んでいる。柔らかな羽音が、足元のあぜ、ピンクの絨毯にひしめいているのだ。

その音ともつかぬかすかなざわめきを耳に、田を背後にすると、道の片側に高い石垣が現れ、周囲の屋敷森に隠れて一軒の古い家屋が建っているのに行きあった。他に人家はひとつもない。こんなところに家がと思いながら屋敷森を南に回りこんでみると、古びた木の門が開け放してあり、戸板の壊れた玄関と土間が見えた。どっしりとした瓦屋根は半分が抜け落ち、しっくいの壁もぼろぼろだ。土壁がむき出しになり家全体が傾いている。農家のようだが、廃屋になって久しいらしい。

広大な庭に、いくつもの箱が並んでいるのに気づいたのは母だった。一段のものもあれば二段のものもある。大きさは茶箱をやや小振りにした程度。

「あれ、なんだろう」

「すごい量の箱だ。ちょっと覗いてみる?」

門を入ろうとしたとき、叱責に似た強い声が私たちの動きを制した。

「だめ、そこからは来ないでよ。みつばちの巣箱があるから」

小柄だがすらりと均整のとれた女が、大股で近づいてきた。私よりいくらか年下のようだった。ジーンズのつなぎにチェック柄の長袖シャツ、長靴姿に顎の下まで網のついた帽子をすっぽりとかぶっている。手にはゴム手袋、さらにその上に肘まで覆う真っ白の腕カバーをはめていた。帽子の網の向こうにある目は大きくて、強い光を放っていた。彼女は、びっくりして突っ立っている私たちに両手を交差させて×印を作り、「慣れない人はさせるから、気をつけて」と今度は柔らかな声で言った。

「あのときの佳世子さん、怖かった」と私は笑う。

「こっちだって怖かった。蜂を見ると大騒ぎするひとが多いんだもの。普段はおとなしいけど、手で振り払ったりちょっとした衝撃を受けると、たちまちみつばちって興奮するのよ。集中攻撃されることもある。アレルギーのひとがいたら、もう大変。運が悪ければ死ぬよ。あなた、一度さされてみる？」

　私たちは出会いの話を何度も繰り返し、そのつど遠慮のないことを言い合って笑った。佳世子さんは知らないが、私が彼女をすぐに好きになったのは、死んだ奈々子にどこか雰囲気が似ていたからだ。クソみたいな仕事はおしまいにする。そう言った奈々子の生真面目で気の強そうな顔が、私と母を制したときの佳世子さんの顔に重なり、私は半島に来るたびに「越智養蜂」に足を向けずにいられなかった。

　佳世子さんによると一箱には一群のみつばちがいて、少なくとも一万から二万匹、多いときには三万から四万匹が出入りしているらしい。廃屋の庭にあった巣箱は、ざっとみても五十箱はあったから、うっかり足を踏み入れていたら百万匹のみつばちから攻撃を受けていたかもしれない。

　私たちが途中で見たレンゲ畑は、蜜源のために越智夫婦が土地の農家から借りているものだった。廃屋も、町に移住していった住人と年間契約を交わして使わせてもらっているのだという。周辺に人家がないので巣箱の置場として最適。私たちがレンゲ畑で見かけたみつばちは、みな「越智養蜂」の群れだったのだろう。大群のみつばちの羽音を「荘重なオペラ」と言った人がいるそうだが、あいにく私たちは近寄らせてもらえなかった。群れなすみつばちの「荘重なオペラ」を知っているのは、養蜂に携わる人だけなのだろう。いまも佳世子さんは、毎日のように自宅と廃屋を行き来する。いったいどんな羽音がするのだろう。

子どももいないので洋司さんとふたりきり。面白いのは、二人とも養蜂家だが、同じみつばちでも佳世子さんは日本みつばちが好きで、洋司さんは西洋みつばちが好きなのだそうだ。西洋みつばちは蜜源から蜜源へと移動する習癖があるから、洋司さんは春から夏にかけてトラックに巣箱を乗せ、花を追って全国の蜜源を回る。雑蜜に群がる日本みつばちはどんな蜜源でも好むので、その間佳世子さんはずっとひとりで日本みつばちの管理をする。夫婦別々の間、佳世子さんは黙々と巣箱から蜜を取り出し、自宅の作業小屋で分離器や蜜こし器を使ってとろとろの液を瓶に詰める。洋司さんを頼れないことの多い佳世子さんは、機械や道具が壊れたときもたいてい自分で直してしまう。

「長年いじっている機械は、動物と同じで言葉が通じるのよ」

養蜂を始めてからおよそ二十年。二十年もつきあえば、もう自分もみつばちの仲間だと佳世子さんは笑った。「東京はとっくに霧のかなた。いま私の雑踏はみつばちかな。いつも交差点の真ん中にいるみたい」と佳世子さんは言う。

私には西洋みつばちと日本みつばちの違いはてんでわからないが、アラジンの魔法のランプみたいに蜜を生み出す仕事場は、年中いいにおいがあふれていた。

半島に来るたびにわけてもらうレンゲのはちみつは、惜しげなく使っても半年は持つ。小さなみつばちが集めた二キログラムのレンゲの蜜液。毎朝、スプーンですくってトーストに塗る。ヨーグルトにも入れる。料理のこくを出すときにも使う。そのたびに、私の脳裏には初めて見たときの「越智養蜂」の巣箱やレンゲ畑、せわしなく飛び交っていたみつばちたちの空気を震わす羽音が響く。

ワーカホリックの人間のことをときに働き蜂というけれど、みつばちは人間と違い休みなく働いてたった二ヵ月、体をあまり動かさない冬場でも五ヵ月程度しか生きないという。女王蜂は雄蜂と交尾しては一日二千個の卵を産み続けるのが仕事、使命を終えたら別の女王蜂が王座につく。雄蜂は女王蜂とのセックスのためにだけ一生を捧げ、一方の働き蜂はセックスとは無縁、ただ花蜜を求めて労働に明け暮れ、なんの未練も残さずあっさりと死んでいくそうだ。

「壮絶ねぇ。役割だけの一生なんて」と私は驚く。

交尾と産卵、労働と短い生が彼らの生のすべて。いたって単純で簡素だ。いつも過剰な愛や快楽に飢えている欲張りな人間から見たら、想像を絶するような一生。こういう生を禁欲的で無償というのだろうか。性愛の喜びを忘れられない人間には窺い知れないシステムが、洋司さんと佳世子さんの生活を支えている。

「ねぇ、女王蜂って雄を選んで交尾するの？　ほら、マッチョがいいとか、好みの容姿じゃなきゃだめとか」と尋ねると佳世子さんはあっさりと「そんなの、考えたこともないわよ」と肩をすくめた。「好きも嫌いも、次世代を残すことだけが彼らの使命なんだから。手当たり次第なんじゃないの」「ふうん、節操なしってこと？」。そう言うと、佳世子さんは、呆れた顔で私を見た。「節操？　そんな道徳的なこと、人間しか考えないよ。いい？女王蜂がいる。そこに雄が群がる。それだけのこと。自然界の法則はシンプルなの」

元気な女王蜂に安心していると、なにが作用するのか一夜で大群のみつばちが消え、気がつくと新しい女王蜂が誕生している。どこからやってきたのか分封したみつばちの群れが、黒い煙のように空き箱に入ることもある。その姿を目で追いかけ、耳で羽音を追いかけしているうちに二十年がたってしまったと佳世子さんは言った。

「どんなにつきあっても、謎だらけ。ただわかるのは、みつばちが、とっても利口で自立した生き物だってこと。女王蜂、雄蜂、働き蜂、それぞれが生まれたときから自分の役割を知っているんだから人間よりすごい。どういう覚悟なんだろう。巣の中の温度管理も自分たちでやるのよ。暑いときには、ぶんぶんぶんぶん、羽を震わせて卵に風を送るし、寒いときには、卵が死なないようにいっせいに塊になって群れ全体でぬくめるの。それが真冬は一時も休まず二十四時間なんだから、頭が下がる。死ぬときだってちゃんと知っている。ひょっとしたら、仕事を終えて死ぬことを誇りに思っているのかも。でもさ」と佳世子さんは顔を曇らせた。

「最近じゃ自然死ばかりじゃないの。それも謎のひとつ」

「越智養蜂」では数年前、突然数十万匹の日本みつばちを失ったそうだ。ヘリコプターによる農薬の散布が、風の具合で想定範囲以外の場所にまで運ばれてしまったせいかもしれない。しかし、言葉を持たないみつばちは無言だから、「たぶん、農薬……」と曖昧に言うしかないのだ。

「カメムシなんかの害虫が出始めるころ、つい身構えちゃう。でも、うちのためにヘリを飛ばさないでとは言えないし。ヘリの出動を待っている農家のひともいるんだもの」と佳世子さんは悩ましげに首をすくめた。

カメムシといえばもうそろそろ出るころだ。触れると耐えがたい悪臭を放ついやな虫。

あれから私はレンゲ畑には行かない。「荘重なオペラ」は聞きたいが、蜂の大群に襲われて死ぬのはまっぴら。もっと大きな理由は、ひと匙のはちみつから、数ヵ月の命しかない働き蜂たちの、はかなくて軽い骸が見えるからだ。卵を産み続ける女王蜂の、小さな産室も脳裏に浮かぶ。膨らんだ腹から、苦行のように生み出される真っ白な卵。

毎日卵を産んだ女王蜂も、このはちみつを集めた働き蜂も、とうにこの世にはいないだろう。金色の液体の向こうにあるぶんぶんぶんという柔らかな羽音と、羽音が聞えるほどの静寂、一生を捧げるあのつつましい六角形の巣と巣のあちこちに散らばるたくさんの骸が、私を厳かな気分にする。だから私は、朝の恵みを一滴も無駄にしたくないのだ。

部屋にはボリュームを絞った音楽が低く流れていた。佳世子さんが自分で編集したCDだ。ジョン・レノンの「イマジン」、フォーレの「夢のあとに」、リストの「愛の夢」、ユーミンの「ひこうき雲」、シュトラウスの「青き美しきドナウ」……。ポップスもクラシックも一緒くたに入れたCDは、なんとなく私を落ち着かない気分にさせた。もう少し整理すれば？　……、そう言うと「いいの。蜜の機嫌がよくなるんだから。嘘みたいな話だけどさ、ほんとに甘くなるのよ」と佳世子さんは生真面目に言った。私が食するとろとろの蜜には、この部屋で奏でられるジョン・レノン、フォーレ、リストたちのエキスも含まれているらしい。

CDに関する編集の好みはともかく、その選曲から、佳世子さんが平和主義者でロマンチストであることが、いやでもわかるのだった。

テーブルには、大きなマグカップに入った紅茶が湯気を立てている。今日の佳世子さんは、庭先で繁殖しているミントの葉を用意していた。一葉放りこんだだけでさわやかな香りが立ちのぼる。私たちはいつものようにたっぷりとはちみつを入れてカップを傾ける。飲みながら佳世子さんが言った。

「レンゲやアカシアもおいしいけど、いつか、世界一のはちみつを上げる。数年に一度しか採れない蜜よ。あなたの好きな森のにおいがするから楽しみにしてて」

「森の蜜？」

「ええ、そう。森の蜜。純粋で野蛮な特別の蜜よ」と佳世子さんは強調した。

3

森。

森と口にするだけで、未知のなにかに会えそうな気がする。朝起きて雨戸を開き、空が晴れていると単純にうれしい。森を歩けるなと胸が弾む。

ときには佳世子さんも一緒のことがあるが、みつばちたちの世話で忙しい彼女をしょっちゅう誘うわけにはいかなかった。それに、森にはひとりで入ったほうがいい。連れとのおしゃべりは楽しいが、無言のままのほうがいいこともある。うっかりすると話に気をとられて、親しいものを見失ってしまうから。

なにかを見つけるときはいつもひとりだった。前年は太い幹の上にキツツキの一種、コゲラの巣を見つけた。見つけた途端、これまでの疑問が一気に解けて笑いそうになった。朝早く、どこかで木を叩く軽やかな音が響いていた。毎朝だから、いったいだれがこんなに朝早くから杭打ちをしているのだろうと思っていた。コゲラが幹をつついて虫を探す音だったのだ。

山繭もひとりで散歩しているときに見つけた。森の片隅に生えている桑の木にぶら下がっていた。薄い緑色をした繭は、一見豆の莢と見間違える。あ、繭だとわかったのは、十数年前、仕事で群馬県内の養蚕家を訪ねたことがあるからだった。

この時期見かける山繭には、たいてい小さな穴が開いている。蚕から成長した蛾が繭を食い破って飛び立つからだ。

その空っぽの山繭を、森から集めてきては玄関先の棚の上に転がしておく。すると狭い玄関はたちまち森の一部となり、家に住む私もまた、森のものになれそうな気がした。

形のある生き物だけが森のものではなかった。森には絶えず目には見えないものが漂っていた。たとえば青い風や、朝の薄い霧、どこからかたなびいてくる青白い煙。ときにはもっと不思議なものも流れてくる。菌類や微生物たちのにおいだ。それは、森を歩くことに慣れたものしか嗅ぎ取ることができない、とても繊細で微妙なにおいだ。

肥料とも違う、水苔とも違う、木々の放つ樹液とも違う。もちろん水溶性の植物活性剤の類や防虫剤とも異なっている。色でいえば灰青色。少し銀色を帯び、甘くて涼しいにおいだ。

そのにおいを嗅ぎたくて、ここにいるときはたいてい玄関もベランダのガラス戸も開けっ放し。虫よけの網戸越しに、気流は日々さまざまな方向へと通り抜ける。

半島では、一切鍵なんてかけない。小屋にあるのは二十インチの古いテレビとツードアの小型の冷蔵庫、母の家から持ってきたスプリングの弱ったソファ、脚ががたつくダイニングテーブルと椅子、それに古着や古い本箱、数十冊の本だけ。もし空き巣にあったとしても、足を踏み入れた者はきっとがっかりするだろう。仕事やメールのやりとりに必要なパソコンだけは盗られたくないが、ほかは、持ち去られても惜しくないものばかりだ。

たまにやってくる妹や母は「なんて不用心なの」と呆れるが、「鉄扉と二重窓で囲まれて暮らすのは東京だけで充分」と私は言う。ほら、ウグイスやメジロの声を聞きなさいよ、風の音や木々の葉擦れ、沼を通る水の音は「サ行」の魔術みたいじゃないの。ほらね、窓をあけておけば聞える。

サラサラ、サワサワ、ソソ、サユサユ、スユスユ、サヨ……サ。ここじゃ扉や窓を閉めておくのは無粋なの。

私の講釈はそこまでだ。あとは独り言を自分に呟く。

……それにね、目を閉じて空気のにおいを嗅いでごらんよ。これって、地中で行われている菌類の生殖のにおいだと思う。いいわね。男も女もないんだよ。ただ絶え間ない結合と分裂があるだけ。なのにこんなにエロチックな香りを放っている。野放しなのにちっとも生臭くない。人間のにおいとは違うわね。こんなふうにさ、私も、自分の生殖を生きたかったよ……。

猫も森が大好きだ。少し隙間を作ってある網戸を、自分用の通路と決めて日に何度も出入りする。マンション生活で静まっていたものが、むくむくと顔を出し、野猫が持っている生理へと近づいていく。刻々と変化する森の生態についても、もう私より詳しいかもしれない。

どこもかしこも平坦な土地、海抜ゼロメートルの濃尾平野で育った私は、幼稚園のころまで、土地とはどこまでいっても平らなものだと思っていた。

やがて、等高線、標高、峠という文字から、この世には平野とは違う土地があることを知った。地図の上に印されたうねうねとした筋や山の高さが、そこにいるわけではないのに、海抜ゼロメートルの地にはない高揚を呼び覚ました。地図を眺める楽しさはともかく、現実の私はついに十代の終わりまで、森がどういうものか知らないまま平野で暮らした。いつも思ったものだ。平野にいるのはなんて退屈なんだろうと。

なにかが起こるのは、いつもおはなしの森のなかだった。人さらいや魔女や逃亡者がいっぱいの森。山女や天狗、雪女がひしめいている。一番の気に入りは母がよく読んでくれたグリムの童話だ。森のなかには狼に食べられる赤頭巾ちゃんもいたし、塔に閉じこめられたラプンツェルもいた。親に捨てられたヘンゼルとグレーテルが出会うお菓子の家も森のなか。別の森には継母に追われた白雪姫が、小人と一緒に暮らしていたし、いばらの繁みの向こうには王子を待つ眠り姫が横たわっていた。

ああ、なんて森は愉快なんだろう。

森は、子どもの私にとって冒険と驚きに満ちた場所だった。同時に、迷ってもいつかは出られるという予測可能な場所でもあった。無邪気な子どもは信じたものだ。ヘンゼルとグレーテルのように、苦難さえ乗り越えれば、別の自分、新しい幸福に出会えるんだと。白雪姫も眠り姫も待ち続けたあげく王子と出会い（後に私は思うのだ。なぜ王子たちは、どいつもこいつもふらふらと森を歩き回っていたのだろう。その下心に気づくのはさらにずっと後のことだ）、みな幸福になったのだから。おはなしの教訓はいつだってこうだ。「だから気をつけなさい」「だから我慢しなさい」「じっと待ちなさい」「いつか王子さまがくる。そのときまでいい子でいなさい」

私は枕元で母に尋ねる。

「ねぇ、どうしてこの町には森がないの？　森、ないよね」

すると母は答える。

「あるよ。鎮守の森、神社の森もあるじゃないの」

あんなの……。ただぱらぱらと痩せた木が生えているだけじゃないか。こんな場所に素敵なおはなしがあるわけないじゃないの。

いずれにしても森は、濃尾平野から遠い異界。どの物語のページからも憧れと恐怖の霧が立ち昇るのだった。

幼少時のおはなしのなかの森は、ただ無邪気なだけの夢想に支えられていたが、大人になっても森への憧れと親しみが消えなかったのは、そこが女たちの隠れ家でもあると知ったからだ。教えてくれたのはフランスの女性作家。どこからがどの本で、どこからが別の本だったか、いくつもの声が通りすぎる。おおむね、彼女はこんなことを言っていた。

……ええ、そう……中世のこと、男たちはこぞって戦争に行き、女たちはぽつんと田舎に残されていた。何ヵ月も何ヵ月も森の掘っ立て小屋にひとりぼっちで。毎日が想像を絶する孤独だった。寂しくて不安で、だから彼女たちは、話さずにいられなかった、木や植物や野生動物たちと。ときには木や草の声に耳を傾け、薬草を作り出し、それによって傷ついた心身を癒したものよ。孤独をなだめるために自然と合体すること、それは先史時代の自分を取り戻すことでもあったのよ。ほかにどうすることができたっていうの？　殺し合いなんてうんざり。森にいれば大きなものが自分を守ってくれる。素朴で忍耐強い女たちはそう信じたのよ。けれども、木や草と話をし、あやしげな薬草を作る彼女たちを、あれは魔女だ、殺してしまえと弾圧する人が現れ、森の女たちは生きたまま焼き殺された。何万、何十万人もが火あぶりとなった……なんてこと！　なんて理不尽な悲劇なの！　魔女狩りはそうして起こったのよ。アニミズムなんかじゃない。邪宗でもない。彼女たちは自然の優しさに癒されたかっただけなのよ……。

森はシェルターの化身なのだ。ベッドの代わりになる柔らかな草があり、探せばいくらでも食べものがあふれている。ときには木を裂いて洋服だって作っただろう。飢えなくてすむ森は、女たちにとって大切な貯蔵庫であり、生活の宝庫でもあっただろう。森を凶器や武器やズボンの中の突起物を持ってうろつく男のためにあると思いこんでいた私は、彼女の本を読んでから火あぶりにされた女たちの幻影を何度も見、森を恋う叫びを繰り返し聞いた。いまだって、森を歩くたびに彼女たちの声を聞く。「だいじょうぶよ、怖がらないで。ここは私たちの場所だから」

しかし、いまは中世ではない。薬草神話は残っていても自分で取りに行くひとはほとんどいないし、森になじめない女だってたくさんいる。都会をシェルターにしてしまった女たちがそうだ。私もついこの間まで、都会のシェルターのなかにいたからよくわかる。コンクリートやフェンスで囲まれた居心地のいい小さな部屋や家。一歩外に出れば必要なものはすべて商店街にあふれている。それにどこもかしこも清潔。トイレもお風呂も除菌剤や消臭液が我が物顔で鎮座している。徘徊するのはゴキブリくらいのものだ。

一方、未知の微生物や細菌がうようよし、ヘビやタヌキ、ときにはイノシシなど野生動物が行き交う森は、都会の清潔さや人工的な秩序とは真反対の顔を持っている。そうした野生こそが森が森たる所以なのに、森はいま、中世の喜びからはるか遠いものになってしまった。救いのシェルターではなく、その樹間の暗さに、あるいは夜行き交う動物たちの鳴き声に、湿った土そのものに殺されてしまうひとだっているのだ。

私の脳裏をひとりの女が通りすぎる。会ったことは一度もないが、森を歩いているとふと思い出してしまう。

それはこの町にしばらく暮らしていた女。「はまゆうタウン」の女だ。

循環バスで町のマーケットに買い物に出かけるとき、右手に山を切り崩した分譲住宅が見えてくる。東京の多摩ニュータウンや高島平団地のような広大な敷地面積を持っているわけではないが、この半島では新しい住人のための町ということになっていた。斜面をならした分譲地には、何十軒という家がびっしりと並んでいる。南欧風のオレンジ色の瓦屋根と、真っ白な壁、木製のベランダのある作りはどの家も同じ。テラコッタの壁はいまはいくらかくすんでいるが、当初は、異国風情にあふれた分譲地としてさぞインパクトがあったことだろう。

私が耳にしたのは、その一軒に都会からやってきた人妻の話だ。

誰から聞いたんだっけ……そう、顔見知りのタクシーの運転手だった。彼はちらちらと「はまゆうタウン」に視線を走らせながら、後部座席に座っている私にのんびりとした声で言った。

「あのタウンですけどなぁ。大阪から来て一年もたたず、また大阪に帰ったひとがおりますわ。ほら、なんも娯楽施設がないし、人口もそう多くない。その静けさが怖いんやそうで。なにもかもが聞えるそうですわ。隣の家の家族の会話、トイレを流す水音、テレビや音楽の音、咳払いやげっぷの音まで聞えてくる。そいでな、奥さん、すっかりへんになって……。旦那さん、奥さんをゴルフに連れ出したり旅行に連れて行ったりして、わたしら、そのたびによう車を使うてもらったもんやけど、奥さんの様子はどんどんおかしくなってな。両隣の家の物音だけじゃなくて、なんていうたかな、頭んなかで聞えるやつ……あ、そうそう、幻聴や。それが聞えるようになったんですわ。そいでついに大阪に戻り、入院したそうです」

「まあ」私の声は間が抜けていた。それには構わず、ゆるゆると運転手は言った。

「静けさが原因で、病気になるなんてことがあるんやなぁ」

「さびしかったんだわ、きっと」と私は言ったが、ひとりぼっちで取り残された中世の女の化身にいきなり触れたようだった。同時に私は思った。フランスの女性作家が森と女を結びつけたように、もしその女が、豊かな森に親しんでいたらどうだっただろう。風、動物、樹木と話すことのできる森が彼女のかたわらにあったなら……。さびしくなかったかもしれないのに……。

けれども、と私は対極にある生理を想像する。とうに彼女は安全で強固なシェルターになじんでいた。だから、四方八方どこに続いているのかわからない森になんか怖くて入れなかったのだ。鳥や樹木をさして好きではなかったのかもしれない。毎日深い淵となって広がるひとりきりの静けさ。都会の騒音やせわしなさに慣れた体は、どうやってこの土地の静けさになじんだらいいのかわからなかったのだろう。

森に囲まれた海辺の町の静けさは独特だ。私だって、造成地から届く遠い杭打ちの音を「おやこんなところまで」と驚くことがある。人声も、少し大きな声で話していれば数軒先まで聞えてしまう。町の広報のスピーカーの声だって、毎朝、夕刻、辺り一帯に響き渡る。女にはそれが耐えられなかったのだろう。聞きたくないのに聞えてくる他者の声。「おい飯だ」という隣家の夫の声。性愛の声や夫婦げんかの罵り合いも響いたかもしれない。森の奥で罠にかかったイノシシの雄叫びに怯える夜もあったかもしれない。そのうちに、声はどれがだれのものかわからなくなり、床からも壁からも天井からも降ってくる。悪口、そしり、愚痴、悲しみ、嘆き、叫び……狂っていく自分の内部に、泡のように湧いてくる無数の声・声・声。

救われるためには、他者の声をかき消す騒音だらけの都会のシェルターに戻るしかなかったのだろう。私がひとやスピードから逃れてこの半島に来たのとは逆に、「はまゆう夕ウン」の女には、二十四時間点り続ける光やにぎわいが必要だったのだ。お気の毒に……と私は呟く。

今日の私は、斜面を登ったり降りたり、ときどき木立の向こうに見える入り江の光を目の端にとらえながら、淡いピンクのモチツツジの群生に出会う。混み合ったウバメガシの森の一部に、太陽が射しこむ場所があり、モチツツジはそこにたっぷりとした株を広げていた。寝起きの子どもの顔のようにぼんやりとした色が、初夏の森に浮かんでいる。

改めて周囲を見回すと、下草や笹竹に隠れて、モチツツジはいたるところにぼうっとした形を見せていた。鮮やかな赤紫のヤマツツジに比べたら、開花も遅く地味な花。ヤマツツジがすっかり干からびたころ、遠慮勝ちに花を咲かせ、気がつくとべたべたした汁をにじませながら萎れていく。

その色のせいで森は、小さな微笑に彩られているように見えた。けだるげで穏やか。樹間や地面にもたくさんのものが動いている。ウグイスやメジロの鳴き声に混じって、かすかにみつばちの羽音がする。「越智養蜂」の働き蜂だろうか。彼らの飛翔範囲は半径二キロから三キロと聞いているから、このあたりにも遠征しているはずだった。

私は、しばし森の音に耳を澄まし、木々が放つ青いにおいを嗅ぐ。先週末のカレンダーには「小満《しょうまん》」と印されていた。五月半ば過ぎの小満を迎えると、一気に草木が動き出す。東京では十二ヵ月のカレンダーを使っているが、半島では二十四節気を強調した暦を壁にぶら下げている。一ヵ月をほぼ十五日ずつで色わけした暦。暦には、小さな文字でその季節の特徴、しなければならないことが書いてある。

たとえば。

——立夏。花木の花後の剪定。球根や苗の植えつけ。一年草の種まき。挿し芽。ソラマメ、アスパラガス、ワケギなどの収穫。ナス、トマト、ピーマンの植えつけ。etc.——

——小満。鹿児島でアジサイ開花。ウツギ、サツキ、シロツメクサ開花。アサガオ、ヨルガオ、ケイトウなど一年草の種まき。キキョウ、タチアオイなど宿根草の種まき。サヤエンドウ、イチゴの収穫。etc.——


一ヵ月を三十日、あるいは三十一日ごとに区切った十二ヵ月のカレンダーと比べると、二十四節気を強調した暦は、単調な繰り返しである日常に、気を奮い立たせる小さなメリハリを乗せているように思えた。半月ごとにやってくる節気は、どこか乗り降りを促す駅のようでもある。その小さな駅が、空気の変化を感じるときにふいに顔を出す。

二十四節気の暦のことを教えてくれたのは、自然染め作家の橘さんだ。

「いつどんな植物が顔を出すか。この暦だとわかりやすい。春分のころを見てみると、ヨモギやセリ、ツクシって書いてある。あ、そろそろだ、とこの暦を見て野に出て春のものを染めるわけやね。春分が過ぎれば、桜の時期。花見の準備もするが、若い枝の皮をそいで煮だして染めるのに最適。穀雨《こくう》って言葉もいいでしょう? 字の通り、穀物を育てる雨がやってくる。芒種《ぼうしゅ》が来たら、藍や茜の種をまく。芒種の芒は忙とも書くらしい。草取りもあるし、やたら忙しい時期ですわ。そんなわけでね、僕らの一年は十二ヵ月ではなく、二十四節気。この暦は僕らの仕事の水先案内人です」

東京にいるときは、そんなカレンダーがあることすら知らなかった。

この二十四節気の暦に月の満ち欠けを表す月齢の暦、日々の潮の満ち引きを示す潮汐表を加えたら、天体の動きは一目瞭然。貝はいつ浜に取りにいったら潮が干いているか、満月の夜に散歩をするなら何時ごろが一番明るいか、苗に肥料をやるには何月何日ごろがいいか、それぞれの野菜に適した植えつけ、収穫の潮時はいつがベスト？　眺めているだけで野や山、海の気が満ちてくる。

二十四節気の信奉者である橘さんは、別のとき、こうも言った。

「よく五感を研ぎ澄ますって言いますよね。このごろ思うんです。人間は五感どころか、二十四の感覚を身につけているんやないかってね。触覚、聴覚、視覚、嗅覚、味覚をいう五感説は、あんまり大ざっぱで、なんか粗いという気がしてならない。たとえば、このあたりには桐や栗の木が多いが、半月もすると花のにおいの違いがわかる。同じ花なのに嗅覚が違ってくるんです。あ、今日はにおいが濃いな、あ、花が腐り始めているなんてことがわかるのは、もっと微妙な感覚が入り交じっているせいやないかと思うんやけど。温度とか、その日の感情、生理感覚なんかで受け取るにおいが変ってくる。なんや不思議だなあと思っているうち、ものの本で人間の感覚は十二あるという説を見つけてね。でもねえ、二十四節気を基準に暮らしてると、どうもそれも少ないような気がする。半月ごとに二十四感覚、人の体も動いているんやないかな」

「たしかに」と私は言った。「哀しいとき、花のにおいは濃くうるさく思えるし、風のある日には木もよく香るようです。体内の野性が反応するのかしら。そういえば、半月前より、庭の藍の色が濃くなりましたね。二十四節気のことはよくわからないけど、ここにいると、なにかが刻々と体のなかを動き回っているのがわかるわ。豊かってことですよ。人間の体って」

「ほんまに。生理とか感覚ってなんやろな。理屈抜きで来るものがある」

草木が勢いよく伸び始めたいま、橘さんの工房には染料に使う植物の若葉がたっぷりと貯蔵されているはず。そして室内には、二十四分のいくつかの感覚分子が、染物を通してうごめきつつ橘さん夫婦の体にしみこんでいることだろう。その見えない有機体の動きを想像していると、何分の一でもいい、感覚の一部をこの半島で会得したい思いが湧き上がってくる。

私は気まぐれにしか庭の手入れをしないけれど、そろそろ、伸び始めた雑草の草取りをする時期だった。取りはぐれるとさんざんな目にあう。根を張ったものを、力いっぱい引き抜かなくてはならなくなるからだ。頑固なものは鎌を使う。てこや鍬を使わなければならないことだってある。草の伸び具合によって身体感覚もまた、半月ごとに変るのだろうか。もしそうなら、人間はなんと複雑な生命感覚を持つ生き物であることか。

明日、私は走り出すだろう。散歩の途中の森のなかに、自然生えの枇杷の実が色づいているのを見つけたからだ。数日前から私の頭のなかは、繊毛で覆われたはちきれんばかりの枇杷の実の姿が貼りついたままだ。あれを早くもぎにいかなくてはと思う。明日ならたぶん、鳥に奪取される前に収穫できるだろう。

脳裏に、熟れ始めた枇杷の実の白い繊毛、果皮をむいたときのみずみずしい色、甘いにおいがぎっしりと満ちる。その瞬間私は、脳の襞にも、もうひとつの目や鼻や口が獰猛にうごめいていることに気づくのだった。

4

四十坪の沼。

小屋の真下にある荒れた湿地を、いつからか私は「うちの沼」と呼ぶようになった。半島に七十坪の土地を買い、家を建てたとき、沼は一面が笹竹とスゲ、ガマで覆われていて、入り江に降りる小道のありかも定かではなかった。いまは沼も農道もくっきりとした輪郭を持っているが、かつてはみな雑草や雑木に覆われ、どこになにがあるのかさえわからなかった。

下の地形が露になったのは、東京から数ヵ月に一度、半島へ通うようになってかなり時間を経たころだ。来るたびに、ひとり黙々と周辺の雑草を刈り雑木を切っていた。伐採を続けているうちに、わき水の出る湿地が現れ、「ユキオさんの橋」がかかっている場所に自然の排水溝が顔を出した。そのつど、素っ頓狂な声が洩れた。え、こんなところにこんなものが！　わ、水路があるじゃないの！　あ、ここは人の通ったらしい道だ！　しかも、この道は下の入り江に続いているらしい。大発見！

一気に仕事をする時間と余裕がなかったのは幸いだったかもしれない。いつだって畳一枚分程度、次に来たときも同じくらいしか手入れできなかったが、その間ずっと、「大発見！」が続いたからだ。

庭続きではあるが、持ち主のわからない土地に手を入れるようになった大きな理由は、雑木や背丈ほども伸びた笹竹、見渡すかぎりのスゲ、ガマ、セイタカアワダチソウを退治してベランダからの眺めをよくしたかったからだ。

ある日のこと、私はいつものように作業用の長袖のダンガリーシャツ、はき古したジーンズ、長靴姿で、手にはゴム手袋、切れ味のいい草刈り鎌を持って雑草まみれの湿地に入っていった。泥は深く、ともすれば足を取られて尻餅をつきそうになる。

数年前から少しずつスゲ、ガマを抜き続けていたおかげで、だいぶ沼は見晴らしがよくなっていた。それでもまだ雑草のもじゃもじゃは三分の二が残っていた。今回の滞在ではとても処理できないと思いながら、また一本、スゲ、ガマの根を引っこ抜く。

ちょうど五月の連休前で、天気は上々。草を抜いたところには、薄い水が光っていた。厚みのある泥、抜かれた草たちのいいにおいがあたりには漂い、森のほうからはたえずウグイスの鳴き声がしていた。

ヘンリー・D・ソローのように、なにもかもを一人でできるわけはないのだ。彼がウォールデンの森を開墾し、自力で小屋を建て、自給自足の生活をした記録はいまも読み継がれているけれど、都会生活に慣れてしまった私には、一日数十株の根を処理するのがやっとだった。雑木ならせいぜいが一本。うっかり数ヵ月来ないでいると、雑草を処理したはずの場所に新しい草が群れているのを見つけてがっかりする。また元の木阿弥。とはいえ、めげてはいられない。ともかく前へ、前へだ。そのつど私は、大地の持つふてぶてしさ、原初的な生命力にむらむらと挑戦したくなった。

数十分後、私は鎌を止めて「あれ」と声を上げた。ついさっきスゲの数株を抜いた場所に、黒い角のようなものが突き出している。

まじまじと眺めてみる。

鬼瓦かな。それとも陶器の破片？

これまでも沼には、雑草の間からさまざまなものが出現した。いつだれが捨てたのかわからないが、缶ビールやジュースの空き缶がどっさり。清涼飲料水の瓶も少なからず。肥料が入っていたらしいビニール袋、カーテンレールの一部、歯磨きのチューブ、靴底のゴム、乳母車の車輪など。どれもがボロボロになり、錆びつき、年月を経たものだった。それらを一ヵ所に集めておいて、ゴミの収集日に出すのも雑草取りに伴う仕事の一部になっていた。

近隣の家々が建てられたとき、工事を請け負った業者らがなにげなく捨てていったものだろうか。もともと丈高いシダや笹竹で埋まっていた土地だし、道路のどんづまりだ。缶や瓶を捨てたところで、いずれは泥に埋もれていく。だれも文句なんて言わないだろう。そう思ったひとがいても不思議ではなかった。

泥からにゅっと突き出している黒いものも、たぶんその手のゴミだろうと思っていた。邪魔だったので引き抜こうと泥を掘り続けるうち、鬼瓦に見えるものが、どこかで見たなにかに似ているのに気づいた。姿を現した腹の部分が、Vの字の湾曲を描いて深々と埋まっていた。頑丈な物体は、どう力をこめてもびくともしない。

「これって……舟だ」私は思わず声をあげた。

底の部分はとうに腐っているだろう。しかし、地上に出た部分はしっかりと元の面影を残していた。泥をすくいつつスコップで周囲を掘り進めるにつれて、形は次第に露になった。全長はたぶん二メートルくらい。曖昧にしか大きさを言えないのは、おおかたが泥のなかにあるからだった。一見してわかるのは、小舟の材質が硬くていいものであること、細部まで丁寧に作られていることだった。鬼瓦のように見えたのは、舳先につけられた木彫りの装飾らしかった。

大きさや形からすると、手漕ぎボートの類らしい。いつだったか、葉山のマリーナ近くのレストランに行った時、店内の片隅にチーク材の手漕ぎボートが飾ってあるのを見たことがある。品のいい、つやつやとした飴色のボートだった。しかし、ここは斜面の底の谷みたいな土地。入り江は近いが、マリーナがあるわけではない。どうしてこんなところに舟があるのか。

別荘地のだれかが、使わなくなったボートをここに捨てたのだろうか。

半身は腐っても、舳先部分が残っているのは、木材が乾いた風や太陽にさらされていたせいだ。泥に埋もれなかった分だけ、元の形を保つことができたらしい。まじまじと眺めてみると、舳先の飾りはどこか真っ黒なウミウの首に似ていた。

あれから十年余。いまも舟の舳先は沼のちょうど真ん中あたりに突き出ている。化石や貝殻ならともかく、何倍も謎めいた落とし物。力いっぱい押すと少しぐらつくようになったが、まだ壊れる気配はない。ひょいと腰を預けるのにちょうどいい高さの舳先だった。以来、私はここから沼全体を見渡す。まるで舳先から魚影の群れを眺める水夫みたいに。そして言う。「視界きわめて良好なり。右舷よし、左舷よし」

周辺にびっしりとはびこっていた雑草や雑木はほぼ根絶。代わりに、五月になると紫のカキツバタや黄ショウブ、斑入りのハナショウブが咲き、夏にはハンゲショウが真っ白な葉をそよがせる。

手もつけられなかった荒地がなんという変りようだろう。黄ショウブは、大阪からときどきやってくる望月さんからのプレゼントだ。あるとき、ご主人がふらりとやってきて、

「これ、植えなはれ。近くの田んぼで失敬してきましたわ。ごっついきれいな黄色い花が咲きまっせ」とまだ水が滴る株をくれた。たった数株だったのに、植えた途端根はたちまちはびこり、毎年丈高い花を咲かせるようになった。斑入りのハナショウブやハンゲショウは、園芸店で買いこんだものがあれよあれよという間に殖えて沼全体を覆っている。舟の舳先は、それら水生植物の真ん中で、すっと首を伸ばして天を見ている。ときどき、鳥が羽を休めて甲高く鳴く。

ひとだけが友人になれるとはかぎらない。すっかり風景になじんでしまった舟の舳先。「ユキオさんの橋」と同じようになくてはならぬものとなった。年々舟の舳先は、私のなかで温度を持ち、むしろ血が通っていないのが不思議なくらいだった。

その親しみから、眺めるたびに小舟の物語を勝手に作りたくなるのだった。物語はそのつど細部が変るが、自分だけの「舟の来歴」を転がすのは楽しかった。

さあ想像してみよう。この小舟のことを。

二十年くらい前か、もっと前のこと。ここに一艘の手漕ぎボートが捨てられた。運んできたのは男（たぶん、だけど）。男は苦労して舟を車に積みこみ、また苦労して車から降ろす。自力でか、それともだれかが手伝ったのかそこはわからない。上から見ると沼は小さな谷。一面、真っ青なシダが茂っている。舟はそのシダの上を滑るように、谷に鈍い音を立てて転げ落ちていった。

男はその舟を捨てることによって、海に親しんだ自分の人生を捨てることにしたのだ。長い間、彼はその小舟を愛していた。しかし、持ち続けることのできない事情が生じた。だれかに買い取ってもらってもよかったが、なにせ、なじみ、使いこんだ舟なのだ。できれば自分の手で始末したかった。葬るための場所はもう決めてある。浜に捨てれば、知りあいのだれかに「これはきみのものじゃないか」とバレてしまう。だから、人に知られない場所がふさわしかった。たまたま、彼は森の奥の谷みたいな場所を知っていた。おそらく彼はこれっぽっちも想像しなかっただろう。十数年後、この地に家を建てた中年女が、わざわざ泥を掘り返して小舟を発見するなんてことは。

舟を捨てるとき、男はどんな気持ちだったのだろう。哀しかったか、重労働をしなければならない自分に怒っていたか。浜に置き去りにしてもよかった。葉山のレストランに飾ってあったように、部屋かベランダの装飾、家のシンボルにしてもよかったのだ。しかし、男は自分なりの方法で舟を葬ったのだ。それからずっと、舟は沼の一部になった。

………。

ずっとあとになって私は、舟を見つけたいきさつを佳世子さんに話したが、彼女も沼のなかの舟のことは知らなかった。

「へぇ、舟がね。あの沼のなかに?」

「どうやって捨てたのか、謎だわ」

「バカ力、窮すれば通ずよ」

佳世子さんは茶化した。

「化石や遺跡もたぶん、そうやって忘れられた場所から顔を出すのよ。古舟もしかり」

「あなたが見つけたから、もう遺跡にはなれないけど」

「あら、私にとっては充分遺跡よ。それにね、眺めているとなんだか人格みたいなものを感じるようになる。なんだろう、この感じ。ほっとけなくなる」

言いつつ私は、「あれは海から来たものかもしれない」と思おうとする。夜の農道をひそやかに上ってくるものが脳裏に鮮やかに浮かぶ。私の想像のなかで紡がれた別の物語がゆっくりと動き出す。

それは手足のあるぼろぼろの舟。小さな入り江から人気のないこの沼をめざしてやってくる。ずいっずいっと草をなぎ倒し、地を這うようにしてやってくる。オールもマストもないから、自力ではい上がるしかないのだった。毎晩、舟は少しずつ進む。暗い農道は幻の川のようだ。やがて舟は沼にたどり着き、どっと身を横たえる……。そして、もう二度と動きたくないものだと思う。腐るまでにはまだ長い年月がある。それを彼は有り難いと思う。ここまで来たのだ。あとしばらくは水の感触を味わっていたかった。

……こんな話をしたら、また川原さんは「うふふふ」と笑うだろう。「いいわねぇ、想像の中でなんでも動かせちゃうなんて……海のものが山に来るの？　そんなことってあるかしら、うふふふ」

　笑われても良かった。沼を含めてその舟は、自分のものだということにしておこうと私は思った。もうたぷたぷと水に浮かぶことはないだろうが、ここなら年中わき水が流れている。泥から突き出ている舳先は陽を浴びて、当分はまだ生き延びるはずだ。


　その小さな四十坪の沼の持ち主が分かったのは三年前のことだ。顔見知りの不動産屋の社長がたまたまふらりと顔を出し、「へ、あの田んぼがこんな具合になりましたか。こりゃ、すごい変わりようでんな」と沼で水草取りをしていた私に声をかけてくれた。

　地続きの場所とはいえ、他人の土地を侵食している私は、咎められることを怖れてとっさに言葉が出てこなかった。けれども勝手に入りこみ、勝手にハナショウブを植えたりハンゲショウの株を殖やしている沼はだれのものか、聞くだけは聞いておきたかった。すると社長はあっけらかんとこう言ったのだ。

「ああ、ここ？　ここはうちのもんですわ」

「え、オタクのものなの？」

「ええ。けど水道もなにもないから、どうにもなりませんわ。いずれ埋め立てて車道や下水道を整備して建て売り住宅にでもするかと思ってましたが、もう土地も売れんようになって。しばらくは待機ですわ」

埋め立てて建て売り住宅にする計画があったのか。不動産屋が買い取ったということは、それなりの採算を見越してのことだったはずだ。まだ埋め立て計画は続行中なのか。彼の言葉は私に少なからぬショックを与えたが、顔には出さず、そしらぬふりで聞いてみた。

「以前の地主さんはご近所の方？」

「……最初はたしかAさん、それからBさんに転売されて、うちが買ったのはBさんの息子さんからでしたな。このへんの田んぼ、みんなAさん、Bさんの持ち物やったけど、どちらも亡くなって、代替わりですわ。代替わりといってもみんな別に職業もってはるから、田んぼする人なんておりません。それにここまで荒れてしまうと、ほっとくよりしょうがないでしょうな」

舟を捨てたのはBさんの息子だったのだろうか。それともBさん本人、あるいはAさんだったのか。それは社長に聞いてもわからないことだった。

それからまもなく、私はその四十坪の沼を買った。いつの日か景気が上向き、この不動産屋が「そうだ、あそこを埋め立てて、建て売り住宅計画を再スタートさせよう」ということにならないとも限らない。そうしたら、私が体をもたせかける舟も、ハナショウブもハンゲショウも、さらさらと流れるわき水までが、一切、土砂に埋もれてしまう。

沼にはどういうわけか一山が付随していた。沼だけの分筆はできないから一緒に山もこうてくれまへんかと社長は言った。山は百坪余。ウバメガシ、ヤシャブシ、ひこばえのようなケヤキが何本か生えている。それを合わせると計約百五十坪の買物だ。すべてが借金だった。

高いのか安いのかもよくわからなかった。崖が気に入り、ここに家を建てようと思ったときの、後先考えない、たがが外れたような衝動が再度私を突き動かしていた。

母も妹も友人も、みんな呆れた。さんざん呆れられた。

「なんの役にも立たない湿地なんて……老後のことを考えなさいよ」

「私だったらそのお金で、世界一周旅行する」

「いまは、たまに行って手入れして。そりゃ、楽しいでしょうよ。でもそれって、遊びでしょ。まだ若いから懲りないのよ。あと十年、二十年もしたらきっとお荷物になる」

どれもたぶん正しいのだろう。けれども私は、憤然とした。お金は、元気でいればなんとか返せる。仕事を増やす。洋服は買わない。外食はもともと好きじゃないし、世界一周旅行にも興味はない。いざとなったら猫と一緒に、沼や森に住む女になる。野や山に暮らすことになっても、食べていくだけならなんとかなるだろう。

ノビル、ツクシ、山ウド、タケノコ、セリ、ヤマイモ、野フキ、ツワブキ、クレソン、ビワ、野ブドウ、キイチゴ、三つ葉、栗、柿……。

私はそのへんで簡単にみつけられる「ただのもの」を思いつく限り数え上げた。野は野菜と果物だらけだ。入り江にいけば岸壁のいたるところに牡蠣がへばりついている。アサリも浜を掘ればうんざりするほど顔を出すし、海草も魚もひしめいている。野で暮らすのだ。海に入るのだ。釣りや罠作りを覚えて漁師と猟師の両方になるのだ。なんて贅沢な老後だろう。

　私はうっとりとした。贅沢にはいろんなパターンがある。私の贅沢は、役に立つかどうかわからない土地に埋まっていた舟の残骸を自分のものにすること。体を押しつけ、お尻や腰に伝わる生暖かい舳先の感触を楽しむこと。そのために私はしなくてもいい借金をしたが、結果、それは余りある喜びをもたらした。なによりうれしかったのはこれまで遠慮しながらハナショウブや水生植物を植えていたのが、堂々と植え替えができること。沼のシンボルとなりつつあるハンゲショウの株だっていくらでも殖やすことができるのだから。

　それにカメ。沼には何匹ものクサガメが棲んでいる。もともとこの湿地に生息していたのだろう。森に行くとき、「ユキオさんの橋」のあたりをうろついているのによく出くわした。そのクサガメの一族が、いつしか乾いた舳先にはい上がり、「ここ、お気に入り」という顔でのんびりと甲羅干しするようになった。灰色のカメの家族たちは、近づいても逃げなかった。陽でぬくもった舳先にへばりつき、梃子でも動かないぞという顔をしていた。私は彼らのための格好のベランダを守ることができたのだ。

郵 便 は が き

料金受取人払郵便

小石川局承認

1135

差出有効期間
令和 7 年10月
31日まで

1 1 2-8 7 3 1

東京都文京区音羽 2—12—21

講談社文芸文庫出版部

愛読者アンケート係

文芸文庫をご購読いただきありがとうございました。文芸文庫では永年の読書にたえる名作・秀作を刊行していきたいと考えています。お読みになられたご感想・ご意見、また、文芸文庫としてふさわしい作品・著者のご希望をお聞かせください。今後の出版企画の参考にさせていただきますので、以下の項目にご記入の上、ご投函ください。

ご住所	郵便番号 □□□-□□□□ 都道府県 様方 メールアドレス				
お名前		年齢		性別	

TY 000051-2307

ご購入の文芸文庫の書名（　　　　　　　　　　　　　　　　　）

A　あなたは……　⓪①学生　⓪②教職員　⓪③公務員　⓪④会社員
⓪⑤会社役員　⓪⑥研究職　⓪⑦自由業　⓪⑧サービス業　⓪⑨自営業
⑩その他

B　この本を知ったのは……
⓪①新聞広告、雑誌広告、その他の広告（具体的に：　　　　　　　　）
ネット書店（具体的に：　　　　　　　　）
⓪②書評・新刊紹介（具体的に：　　　　　　　　）
⓪③書店で実物を見て　⓪④人のすすめで　⓪⑤その他

C　どこで購入されましたか？
書店（具体的に：　　　　　　　　）
ネット書店（具体的に：　　　　　　　　）

D　よくお読みになる作家・評論家・詩人は？

E　ご意見・ご推薦の作品などをお聞かせください。

アンケートにお答えいただきありがとうございました。記載の情報については、責任を持って取り扱います。また、文芸文庫の「解説目録」をお送りしております。ご希望の方は下記の□に○をご記入ください。

□　文芸文庫の「解説目録」を希望します

別の日……かなりの雨が降ったあとの満月の夜だった。沼のなかの舳先が、まるで月に首を伸ばすように漂っているのを見ることができた。

沼に映る月の軌道と一緒に、たしかに舳先は動いていた。ゆらめきながら水に映る影は、まるで海に漕ぎ出すボートそのものだった。それを信じるひとは滅多にいないから、だれにも話さないでいるだけだ。


日記をつけない代わりに私は二十四節気のカレンダーに小さな文字を書きこむ。今日一日した仕事を少しずつ思い出しながらの作業。メモは来年にも役に立つはずだ。いわばここでの覚書。
◎沼のハナショウブの株元に土を入れる。入梅前の準備（大雨が来ると、沼の土が流されるので、ときどき、土を入れてやるのがいい）
◎上の山で見つけた野生のキイチゴのジャム作り。今年の初収穫物

夜は、テレビを見たり、東京から持ってきた本をぱらぱらとめくる。眠さをこらえて読む言葉はせせらぎのようで、意味もつかめず脳の皺の表面を滑っていく。だから、すぐに本は手から床に滑り落ちる。

段ボール箱にはまだ本棚に移し替えていない本が乱雑に入ったままだ。どれもがいつか

読み返そうと思っていたものばかり。金子光晴の詩集、歳時記と俳句の本数冊（母が来たとき役立つだろう）、ろくに見もしないで入れた画集が何冊か。料理本、その他文庫本いろいろ。

自分でも呆れることに、段ボール箱から出てくるのは、写真つきのものや余白が多いものばかり。活字がぎっしりと詰まったものはほんのわずかだ。半島で過ごす日々は私の余白みたいなもの。詰まったスケジュールにはうんざりだ。ここではできるだけ真っ白でいたかった。にじんでくる雑念はさっさと捨てよう。そんな意識が働いて、活字がスカスカの本を選んだのだろうか。

仕事を減らした余白の日々だから、メールのチェックすらおっくうになる。せいぜい二日に一回、気合いを入れてパソコンを開く程度。高校の同級生だった友人から上京を知らせるメールが一通、仕事の報酬の振りこみに関する問い合わせが一件、短い原稿の依頼が一件、弟からの「母、よろしく」が入っていた。「よろしく」というのは、母が週末、そちらに行きます。すべておまかせという意味だった。

パソコンを閉じ、リビングルームの電気を消して寝室に行くと、猫はもうとっくに私の布団の上で丸くなっていた。足で蹴飛ばしても髭を引っ張っても起きることはないだろう。

私もそうだ。東京ではなかなか寝つけないのに、外にばかり出ているせいか、眠りはまったりとしたはちみつのように数秒でやってくる。
おやすみ、猫。また明日。

5

あっという間に芒種が過ぎ、暦の上では入梅。しかし、まだ空は晴天続きだ。ときおり重たげな雲が流れるが長続きはしない。

私は、ベランダの手すりにありったけの布団や毛布を干す。母が来る前にしなければならないことは山ほどあった。介護用のベッドはもう組み立ててある。夜中、トイレに行けない母のために排泄用具も準備した。

あとは循環バスで町に出て、とぼしくなった食料品を買い足すこと。新しいタオルや母が使う日よけ帽、ジャケット類を押し入れから出しておくこと。どちらも一日あれば事足りた。

小屋ができてから、母は半島通いの数少ない相棒のひとりになった。毎年、春、秋、と誘えばすぐにやってきた。母が来れば大阪で会社勤めをしている妹も、時間をやりくりして数日は顔を出す。最近では、実家で会うより半島で顔を合わせるほうが多くなった。母の来訪は、私たち姉妹にとって、親の介護にかこつけた再会の時間でもあった。

母の歩行がかなわなくなったのは、五年前、一万人にひとりという悪性腫瘍がみつかり、右足の切断手術を受けてからだ。当時母は、八十三歳。片足を失うことはほとんど歩行をあきらめることと同じだった。手術の後、私たちは口には出さなかったけれど思っていた。このまま寝たきりになるだろう、そして何年か後、緩慢に確実に、最悪の事態がやってくる。覚悟の日はつい目と鼻の先にあると。

ところが母は奇跡的に回復した。たゆまぬリハビリと勤勉な性格のおかげだろう。一日二時間の歩行訓練と、不自由な体を支えるための腕の筋力増強運動が母の日課となった。弟がリハビリの専門家であることも回復を早めた。弟の配慮で、精密かつ寸分の狂いもなく作られた義肢が母の新しい右足となった。速度は失われたが、車いすや歩行器を押して歩けるほどになっていた。

傷が癒えて二年以上、母は愛知県の実家を出ることはなかった。不自由になった体をひとに見せたくなかったのだろう。親しかった友人に会うことすらいやがった。出かけるのはリハビリをかねた自宅の周辺の散歩だけ。雨の日は、義肢をつけた右足と健康な左足を交互に動かし、居間にあるペダル・マシーンをゆっくりと踏む。

そんな姿を見るたびに、私たち家族は言葉には出さなかったが、似たようなことを思っていた。もう母は、半島の家に来ることはないだろう。遠出はとても無理だし、気力だって昔とは違う。旅行なんて金輪際不可能だと。しかし、母の心身の回復力は私たちの想像をはるかに超えていた。

「私、来週、半島の家に行くけれど、そちらはやっぱりだめでしょう？」とある日電話口でなにげなく言ってみると、母はあっさり「ああ、そうだね。しばらく行っていないから、行くかね」と言った。「あんた、何時に行くの？　合わせるよ」

出かけることもひとに会うことも避けていた母の、それが最初の「外」への挑戦だった。時という見えない医師の手は、私たちが知らない間に母を「先の時間」へと誘ったらしい。

「ほんとう？　よかった」

早速、寝起きが楽な折畳み式のパイプベッドを買った。バランスを崩さず風呂に入れるように、バスタブの縁にたっぷりと幅のある腰かけも作った。義肢を外して眠る母にとって、深夜のトイレへの行き来は不可能だから、ベッドの横に簡易トイレを置いた。

なにもかもを用意した小屋に、病後の母がやってきたのは、手術を受けて三年を経た五月の明るい午後のことだった。さわやかな風が樹間を流れ、あちこちで若葉がきらきらと光っていた。

実家から車で約四時間の旅。弟が運転してきたランドクルーザーには、母の車いす、着替えを入れたボストンバッグ、片方だけの室内履きなど、普段使うものが積まれていた。私へのみやげは十キロの米。昔から母はそうだった。東京に来るときもバッグの底に米を入れてきた。これ、今年の新米と言いながら。人に頼んで耕してもらう田を母はだれよりも愛していた。その田でできた米は、母にとっては夫を亡くしたあとずっと家族を支えてきた大切な証なのだ。

長い時間をかけてゆっくりと車を降りた母は、まぶしげに目を細めつつ言った。

「空気に木のにおいがするね。下の黄色いのはなに？」

母が見下ろす沼には黄ショウブがびっしりと花をつけ、森の樹間ではヤマツツジが赤紫色に燃えていた。母はしばらく庭のあちこちを眺めたあと、玄関先の柱にもたれて息をついた。

「やっと着いた。自分でも来られるかどうか心配だった。何年もずっと家を出ていなかったから、緊張したよ」

あれから母は、気候の安定した初夏、定番の旅として半島の小屋にやってくるようになった。滞在はいつも一週間から二週間。弟が半島まで送ってきたのは最初の一、二度きりで、あとは私が東京から半島に向かう途中、実家に近い私鉄の駅で母を拾うようになった。

滞在が定番の五月から、ほぼ二ヵ月遅れの六月の終わりから七月半ばにかけてに変ったのは、一昨年の六月、沼にホタルが出ることがわかったからだ。

「ホタル？」

「そう、すごい数」

「どこに？」

「沼、ほら下の沼よ。沼だけじゃなくて、周辺の林、森を飛び回っている。どう？　よかったらくる？」

「ホタルねぇ」

しばし考えたあと、「見に行くかね」と母は言った。

驚いたのは私のほうだ。いくらホタルが出たといっても、五月に実家に帰ったばかりの母が再度、重い腰を上げるなんてありえないと思っていた。当時、母は八十六歳になっていた。体力的にも、間を置かずの旅は無理だろうから、ホタルの話はほんの報告、誘ったのもお愛想程度の気持ちだった。

やってきた母は、私が思った以上にホタルの出現に執着を見せた。なにが母の気持ちをゆり動かすのか、毎夜八時になると自分から「さて」と声を上げる。テレビから私のほうに顔を向け、そろそろベランダからホタルを見ようよと目に力をこめる。

漆黒の闇に閉ざされたベランダに向かって歩き出す母は、ただ足元だけを見ている。あと何歩か、測る顔をしている。床に大きな段差はないけれど、なじんだ愛知県の家とは違うから、慎重に慎重に歩いていく。転んで怪我して周囲に迷惑をかけないように。骨折でもしたら今度こそ寝たきりになるのがわかっているのだ。しかし、気持ちだけは外の闇へ闇へとせいている。

　沼や森を見下ろす位置に鉄骨で支えられている木のベランダ。背後から照らす部屋の灯や懐中電灯の光を頼りに自分の位置を決めると、母は手すりにしっかりと両手をかけ、安堵したように顔を上げる。その母の位置と姿勢を確かめて、私は部屋中の電気を消す。それを合図にして、母は手すりから身を乗り出し漆黒の闇を凝視する。そして小さく叫ぶ。

「ああ、あそこに……あ、あっちにもいるよ。小さいのによく光るね。あ、また光った。♪つい、つい、ホタル来い。かわいいかわいいホタルさん。♪つい、つい、ホタル来い」

　へんな歌を母は歌う。甲高くきれいな声だ。ホタルが移動するたびにその方向へと顔を動かし、歌はホタルの飛翔に合わせてめまぐるしくリズムと音階を変える。気に入りのものに見入っている子どものようだった。

「これから六月は、ホタルを巡るイベント月だ。毎年、この時期、ここに来ようか？」

　そう提案すると、母は明るい顔で、「ああ、いいね。そうしよう」と答えた。

　今回母が来たのは、庭のアジサイとムクゲと沼のハンゲショウが競うように咲く六月の最後の土曜日。半島に直結する私鉄の駅まで義妹が送ってくれた。私が乗降口から顔を出し手を差し伸べると、母は無事に落ち合えたことに安堵するのか、車窓を覗きこむ義妹に向かって笑いかけた。片手を開いたり閉じたりして「ばいばい」と言う。電車が動き出すとおもむろに車いすからこちらを見上げ「あんた、変わりなかったかね。ちゃんと食べてるかね」と聞く。毎度同じ。寸分違わない言葉と顔。

同時に私は思い出すのだ。まだ半島に小屋ができる前のこと。父の三十三回忌で実家に滞在した数日の間、母がもらしていた独り言を。「なんだろうねぇ、この娘は。一日中不機嫌そうな顔をして……」。奈々子の突然の死や仕事に疲れて、笑わない娘になっていた自分の顔が、苦くてさびしいものとしてよぎっていく。いまはどうだろう。私は笑う娘になっているだろうか。そうであってほしいと思う。

母が来ると、私の日常はいつもよりもゆっくりとしたペースへと変って行く。食事も、立ち上がるのも、着替えもなにもかもが緩慢。目と指、片足で物の感触を確かめて、そろりそろりと動く母は、時間の法則から遠く遠く離れた場所からやってきた奇妙な生き物のように見えた。

「なんでも、他人の三倍の時間がかかるね」

そのペースが乗り移り、私も急ぐ気持ちが萎えてしまう。

さして話すこともないので一日は静かだ。

母が来て数日後、湿った雨が降り始め、雨は一日続いたかと思うと薄い太陽が顔を出し、空は不安定に色を変えた。暦には夏至とあるが、気温は連日低かった。それでも樹木は雨に濡れて精気を放ち、湿地一帯では雨を喜ぶカエルの鳴き声がかまびすしい。沼には何種類ものカエルが生息しているらしく、ケロケロケロと涼しげに鳴くものから、ヴォヴォッ、ゴフッゴフッと喘息みたいな太い声を放つものまで、いっしょくたになって音は上ってきた。

いっとき空が晴れると、母は玄関先に出した車いすに手をかけ、「少し運動してくるかね」と、のろのろと歩き出す。近隣の道はほとんど車が通らないから、車いすを押しながら安心して歩ける。平らなところを慎重に選び、きっかり二時間、自分で決めた散歩のノルマをこなす。ときどきは車いすに座りこみ、路傍の木陰で居眠りする。あんまり帰らないから様子を見に行くと、いつだってうとうとと眠っている。それを驚いたようによけていく養殖業者の車。みんなよけつつ親しげな笑いを浮かべていく。「ああ、あのばあさんがまた来ている」と言いたげだ。いつしか母は、森の木陰で眠る名物老婆になっているらしかった。

「お母さん、こんなところで……」と声をかけると、母は垂れていた首をもたげ、失態を見つかった子どものように「ああ、気持ちよかった。えへへ」と笑った。

母が半島に来れば妹も一度は顔を出すから、そんなときは車いすを押しつつ、三人一緒に、かつて母が元気だったときと同じように、海の見える高台まで歩いた。六月ともなればヤマモモの木が赤い実をいっぱいつける。それをザルに拾いながら、ゆっくりと行く。

かたわらで母が車いすから顔を上げて言う。

「望月さんも平岡さんも、もう長い間会わないが元気かね。いつも雨戸が閉まっているが、閉めっ放しじゃ家も傷むだろう……ああ、今年もアセビがずいぶん咲いたね、野いばらの茂みもあるよ。あの花はにおいがいいんだ。私は好きだ、あのにおい。……あそこにあるのは柿の木かい。渋柿のようだね。うちの柿の木は、去年一本枯れたよ。裏口にあったでしょう。よく犬をつないでいた木。……○○先生のこと覚えている? ほらユキオさんの同僚で、ユキオさんが亡くなったあともよく手紙をくれたひと。あんたたちも何度か会っているはずだよ。あのひと、認知症になりなさってね、娘さんから来た年賀状にそう書いてあった。……ああ、そこに蟻の行列が……山蟻だね。あれは嚙まれると痛いんだ。気をつけなさい」

あちこちにくるくるとよく動く目。脈絡のない独り言。聞きながら、私は若いころの母が足早に野をゆく光景を思い出していた。

父の死後、私と妹、弟の三人の子どもを抱え、母は町の公民館の雑用、建設会社の寮の夕食作りなどいくつかの仕事を掛け持ちし、合間に自宅の裏庭で野菜を作っていた。家のなかから外へ、外から納戸へ、納戸から物干場へ、台所の裏口から走るようにして菜園へ。時間がないときは朝の菜園から直接仕事場へ。なんとまあ、多くの場所を母は移動したことか。

大股で素早く歩く足は、生活を支えるモーターのようだった。いつだってフル稼働。足が畳の上や居間のソファに怠惰に投げ出されているのを見たことがなかった。

たまに立ち止まるのは、朝、出かけるとき。玄関先や裏口から、母は少しせわしげな口調で言った。

「学校から帰ったら、犬に餌と水をやっておいてよ。忘れないでね」。あるときは「今日は残業だから、晩ご飯、適当に食べといて。鍋に魚煮てあるから。冷蔵庫んなかもちゃんと見てね」。

動いていないときがなかった母の、素早い足の片方がいまはない。骨がしっかりとした足、贅肉のついていない足だった。だから私はつい聞きたくなってしまうのだ。

「ねぇ、病院で切られた右足だけど、いまどこにあるんだろう。あれ、もらい受けておけばよかったね」

母は「あはは」と愉快そうに笑う。

「あんなものどうするの。年よりの片足なんか、役になんか立たないよ。ミイラになった足なんか、私は見たくもないし、欲しくもないよ。なんだってそんなことを聞くの。へんな娘だ」

「だって、きれいだったから、お母さんの足。もったいなくて」

「いつか左足を切ることがあったら、今度は忘れないようにあんたにあげるよ」

母は笑いながら言う。

「ありがとう。いただくわ」

私も笑う。

雨が降り続く日は、新聞を読んだり植物図鑑をめくったりしたあと、母はソファでうつらうつら居眠りをして過ごした。こんな日は私もパソコンに向かって仕事をするが、さして気持ちは乗らないままだ。かろうじてできるのは、古タオルで雑巾を縫ったり、窓ガラスにこびりついた緑色の苔をクリーナーや雑巾で擦り落とすことだけ。雑巾はたちまち真っ青になる。

長いような短いような母と娘の時間が過ぎていく。老いた母と、老いを間近に迎えつつある娘との、梅雨の夜が更けていく。皮肉なことに、暗く澱み、湿気が多い日ほど、ホタルは元気に飛ぶのだった。むしろ梅雨が続けば続くほど、ホタルの命は延びて行く。

そんな夜に、去年からひとつの行事が加わった。夕食が終わり、ホタルが光り始める夜八時を待つ間、句をひねるようになったのだ。

昨年の六月、たまたま机に広げたままの新聞を母が熱心に見ていた。俳句や短歌の読者投稿欄だった。指で活字の一句一句を撫でつつ、「みんな上手に作りなさるね」と感心していた。その言葉としぐさに薄い羨望がにじんでいた。「やってみようか?」と誘い水を向けると、素直に「うん」と言った。それが最初だ。

毎夜、食事が終わると、ホタル待ちの行事が始まる。俳句歳時記や「初めての俳句作り」といった本を手元に、小一時間の沈黙。やがて「できた？」「うーん、なんとか」。言いつつ、互いのメモを見せあう。そしてくすくすと笑う。メモの上にはあちこちを書き足したり削ったりした十七文字が、ぐじゃぐじゃに散らばっている。

「ああ、がっかりだ。できたのは駄句ばっかり。駄句駄句」

言いつつ母は、漆黒の広がるベランダへと首を巡らす。心はすでに俳句作りよりも外へ外へと動いているのだった。そんな母を、私はそっと盗み見る。老いて行くひとの老いの速度を確かめるように。表情を変えない穏やかな顔に、以前とは違う苦悩が貼りついていやしないかと案じる気持ちもあった。しかし、母の顔はいつも静かで柔らかかった。なにもかもを受け入れているらしい静穏な姿が、逆になにかを我慢しているのではないかと私を落ち着かなくした。

片足を失い、もう斜面を降りることのできない母は、「ユキオさんの橋」を渡ることもなくなった。自由な歩行を失うのはどんな気持ちなのか。私はそれとなく想像してみるが、義肢に厚い靴下をかぶせ音もなく歩く母から、感情をくみ取るのは難しかった。ただ注意深く、生真面目な顔があるだけ。

一方で私は、真昼、ベランダから庭を眺める母の目が、やけに熱心にあちこちに動くことに気づいていた。

「なにを見ているの？」

あるとき尋ねてみたら、ひとこと「下にある昔のもの」と言った。

木の橋や、がらくたの壺や鉢、瓦など、実家から持ってきた廃物だけが、父のいたころの実家の名残だった。昔の家はもうないし、古い備品はすべて始末してしまった。しかし、「昔」を思い続けることはできるのだった。もうそこを歩くことはないにしても、「ユキオさんの橋」の感触を心のなかで転がすことはできる。じっさい母は、心のなかの足の記憶でその橋を歩き、心の目で壺や鉢の感触をなぞっているらしかった。私はその間、母の背中をみつめながら、母の視線が移ろっていく先を想像し、一緒に心の目で散歩せずにはいられなかった。そんなときよく口に出しそうになったものだ。

「ねえ、もっと頻繁に来たらいいのに。昔のものを眺めにおいでよ」

かけらばかりの思い出でも、陶器の壺にはそれを使った日々がしみこんでいる。古びた黒い瓦には昔の家の貧しさや布団を干したときの明るい太陽の温度が、縁の欠けた鉢からはかつての台所のにおいやせわしなく働いたころの時間が思い出されるのだろう。母はなにも言わないが、移ろう視線に、遠い時間へと心を預けた放心が見え隠れしていた。

ホタルには母を誘うどんな力があるのだろう。難病から生還した母には、イベントめいた観賞を喜ぶ私とは別の思いがあるらしかった。

今年もホタルは出た。無数に出た。去年までわからなかったが、ヒメボタルというらしい。ゲンジボタル、ヘイケボタルに比べるとはるかに小さい。指でそっとつまんでみると五ミリ程度。

　清浄な水辺だけしか生きられないゲンジボタルやヘイケボタルとは違い、ヒメボタルは陸生の昆虫だ。腐葉土や枯れ葉や倒木に卵を産み、森のなかにも生息する。飛翔範囲が広いせいか、わき水の流れるあたりはもちろん、深い木立の向こうまでが青白く光る。ハンゲショウの真っ白な葉に止まるホタルは、まるで青いイルミネーションのように見えた。雌は飛ぶことができないが、発光器だけは持っていて、樹木、葉の上を光りながら移動する。その淡い光が、沼のあちこちで点滅する。

　小さなホタルは、ベランダに立つ母の顔の間近にも来てふっと消える。せいぜい二週間しか生きられないのになんてのどかなんだろう。闇には放物線、よろよろとした曲線、ぎざぎざ、楕円、ほどかれた紐の形など、さまざまな形状の光が緩やかに乱舞した。ホタルが間近に来れば、青白い光にひょいと手を差し出し、母は歌う。

「♪つい、つい、ホタル来い。♪つい、つい、かわいいホタルさん。こっちの指がおいしいよ」

　十日間滞在した母は、「楽しかった。いいものを見た。食事もおいしかったよ」と言いつつ、実家へと帰っていった。もよりの駅まで、今度は週末に来た妹が送っていった。

「次はどうかね、来られたらいいけど」

母は去年と同じことを半島の駅で言い、車いすから「ばいばい」と手を振った。

介護用品を片づけ、母の使ったシーツやパジャマを洗濯しながら、私はむしむしする空気のどこかに、濃い海風のにおいを嗅ぐ。風の向きが変ったらしい。まだしばらく梅雨は続くだろうが、一週間か十日後には梅雨明けの烈しい雷雨がくるだろう。なにもかもを吹き払う猛烈な雨。その雷雨を待つ気分がせりあがってきた。

食卓の隅にあるのは、ガラスのペーパーウエイトを乗せた駄句のメモ類。駄句駄句駄句の氾濫だ。それを私はきれいに揃えてクリアファイルに入れる。読み返してみると、半島にいる間に作った母の句は、数句を除いてホタルばかりだった。

☆来てみれば沼真白なり半夏生
☆蛍飛ぶと人の言はばや志摩泊まり（〝芭蕉の句の真似〟とわざわざ断ってある）
☆てのひらに吐息の如き蛍の灯
☆半夏生　夜の白さや蛍飛ぶ
☆たゆたいて森の梢の蛍かな
☆にわか雨蛍はどこにいるのやら
☆這う毛虫よけて通りぬ車いす
最後にこんな句があった。
☆遠く来て家族を想う梅雨の宵

あんなに「昔のもの」を熱心に眺めていたくせに、一方で母は愛知県で一緒に暮らす弟一家のことを思っていたらしい。たった一句から、母の心が半島から自分の家へと向けられていたことがわかって私ははっとする。母の日常はこの半島ではなく、愛知県の実家にあり、それが彼女の揺るぎない居場所なのだ。

今日は七月十一日。母がいる間、ほとんど月も星も出なかったが、今夜は雲の間に月があった。懐中電灯を持って「ユキオさんの橋」まで行ってみる。ここだと沼全体と森の奥が見渡せるからだ。

ホタルは日を追うごとに少しずつその数を減らしていた。見慣れないものを見つけたのは橋のほとりだった。黒い地面にいくつも、ぼうっと光るものが続いていた。最初は発光キノコか光る石の類かと思っていた。よく見ると細い箸の切れ端のよう。地面に落ちた枯れ枝が土中の菌類を付着させ、ハロゲン化合物か発光バクテリアの青い光を放っているのだ。それは沼の小道のあちこちで夏の亡霊のように身を横たえていた。

ああ、光るものがいっぱい。ここではなにもかもが光るのだ。枯れ枝にすぎないものまでが。

橋に立って、いくつかの光を追う。今年のホタルたちは、首尾よく交尾を終えたのだろうか。今夜も光りながら死んでいくホタルたち。明日はさらに光は減るだろう。その代わり、暗い森の向こうに、盛夏の気配が流れている。

――小暑《しょうしょ》。暑中見舞いを出す時期。植物の日よけ対策。ユリの花が咲き始める。ベリー類の収穫。コスモスの種まき。常緑樹の移植。彼岸花科の球根の植えつけ。ナス、ピーマン、キュウリ、シシトウ、モロヘイヤの収穫。観葉植物の株分け。etc.――

いつものように、暦にメモを書き入れる。

◎ヤマモモのジャムとジュース作り
◎焼酎漬けの梅を引き上げ、梅ジャム作り
◎沼の水草取り。梅雨の間にずいぶん伸びていた
◎次に買うもの。焼却炉の着火用ライター、シュロ縄、植物の支柱大小、紙用のハサミ、FAX用紙

6

ときどき、東京のことを考える。

いまごろは真夏の太陽が、黒光りする道路のアスファルトを焼いているだろう。閉め切ったままの部屋は古い排水管からの腐臭がこもり、重くよどんでいるに違いない。あの部屋で二十数年を過ごした。あの部屋だけが自分の場所だと思っていた。

夏になると私は、エアコンの風に吹かれながら、陽を吸って真っ白に乾いているベランダをよく眺めたものだ。二畳もない空間に、植物の鉢がひしめいていた。枯れかけたものを始末しても、また次のものが枯れる。翌週には下の商店街で買った別の植物が持ちこまれる狭いベランダ。いつも、減ったものを足してばかりいた。失ったものをそのままにしておくのが怖いのだった。

涼やかな緑が欲しくて買うのではない。夫も子も持たない私は、なんでもいい、世話をするものを身近に置きたいのだった。水をやり、ときどき位置を変え、土を取り換え、ひとつまみの肥料を撒く。植物だからひとの生死とは重さが違う。責任とは無縁の、ままごとのような世話。ひとも似たようなものだと思っていた。生まれたあと、手足が伸び、どこかに絡まり、水を欲し、食事をねだり、太陽を見上げ、疲れれば葉が萎むように瞼が重くなる。その間、だれかに身を委ね、委ねることを疑わない。人間ではないけれど、私にもベランダに家族がいると思っていた。委ねられた植物の世話に嬉々としていた。

しかしここにいると、それが勝手な思いこみだということがよくわかる。植物の生育は、ひとの思いの届かないところにあり、私は手を伸ばせば届きそうな枝にさえ、滅多に触れることができないのだった。数日目を離せば、夏の太陽は地中の根を強靭にし、草は力をこめてもなかなか大地を離れてくれない。夏の夕暮れに撒く水はたちまち大地にしみこんで、三十分もすればぎらつく西日に乾いていく。

半島に来てから、私の労働は変った。もはや「世話」の領域などどこにもなく、植物や動物との闘いがあるだけ。樹間に張り巡らされたクモの巣は、庭に降りるたびに顔や体に貼りつき、どこから入ってくるのか蟻は、たちまち砂糖や食べかすを嗅ぎ当てて続々と行進してくる。

ムカデ、ゲジゲジ、モグラ、マムシ、スズメバチ、ヤブ蚊。なんでもありの庭は、東京のベランダとはまるで違う顔をしている。そうしたものとの闘いのために、私はバスで町に出ては用途別に何種類もの殺虫剤を買いこんだ。

バスに揺られながら、窓の外の濃い緑を見る。都会の心地よさは、少なくともこの自然との闘いがないからだと思う。何かを枯らしても、すぐに形のいい植物を手に入れることができる。汗だくになって水を撒くことも、腰を痛めるほど力をこめて草を抜くこともない。日当たりを確保するため、木を切る苦労とも無縁だ。

私が東京で格闘していた相手は、強い枝や草など目に見える侵略者ではなかった。いま思うと、部屋にはなんとたくさん目に見えないものが侵入していたことか。電話をとれば金塊を買わないかという声がしたり、布団の丸洗いを勧める声がした。換気扇の掃除をするという業者の押し売りまがいの電話に閉口したこともあれば、保険の勧誘の女性らしい甲高い執拗な口調に部屋のインターフォンを投げ捨てたくなったこともある。消費社会がなまはげみたいに「どうだ、どうだ」と立ちはだかってくる。

毎朝、一階のエントランスに降りれば、郵便受けには一夜のうちに何十枚という広告、ビラ類が押しこまれていた。毎日、毎晩、だれかが投げこんでいく膨大な紙類は、いつか世界がごみで埋まっていく姿を彷彿させた。

マンションの賃貸・売買広告、ローンの代行業者のもの、化粧品の無料試供品の広告、近郊の都市にできた介護老人ホームの案内書、町の自治会が配布したらしい振りこめ詐欺に関する注意書き、町内会の夏祭りの会場で開かれるフリーマーケットへの出品のお誘いなど。なかにはあやしげな出張専門マッサージのビラも入っていたし、墓の分譲チラシもあった。

それらの紙類はいまどうなっているのか。管理人には念入りに頼んできたが、忘れずにポストの掃除をしてくれているだろうか。あんなもの全部捨てて欲しい。

他人ばかりのマンション暮らしでも、行事はたえまなくあった。防災訓練、各室の火災警報器の斡旋といくつかの業者名、ベランダの補修工事、この時期なら、近くの小学校の校庭で行われる夏祭りの案内や、管理組合の定期総会の日時予定が張り出してあることだろう。

すべてを置き去りにしてきた。置き去りにしてきた夏は、五百キロ近く離れた都会の真ん中で一時停止のビデオ画面のように動かない。私は、半島にいて東京を思いつつ、自分が二つの夏に挟みこまれ宙ぶらりんになっているのを感じる。

毎日、三十度を超える気温が続き、森では凄まじい勢いでセミが鳴き始めていた。蟻の行進は相変わらず。真っ黒な細い筋が、台所の床からリビングのテーブルの上まで続いている。私は蟻の大群を雑巾で押し潰し、床を何度も拭いては、より汗まみれになって浴室に駆けこむ。熱中症を怖れて外に出ないでいると、不思議に心は東京を案じるほうへと動くのだった。

この暑さがいけないのだ。去年まで、真夏はたいてい図書館で過ごすか、冷房の効いたスーパーやデパートに駆けこみ、なにを買うでもなくさまよい歩いていた。ときには、知らない町に足を延ばし、公園の木陰で夏休みの子どもたちを眺めたり、小さな画廊で汗が引くまで常設展を観たりした。

この町では、ひとりで行けるところは限られている。

車を持っていないから、気軽にひょいと遠出するのもままならないのだった。風通しのいい窓辺にソファを移動させ、怠惰を決めこむ。退屈まぎれに本を開けば、数分でとろとろと眠りがやってきて、私は毎日、眠ってばかりだ。

そんなときよく、薄い水のような夢を見た。たいてい、奈々子を含め早死にした友人たちがふらりと顔を出して消えていった。寝起きのぼんやりとした脳裏に、一緒に上京した昔の恋人が顔を出すときもある。まだ私が若く、夏を夏とも思っていなかった獰猛な日々、こんなふうにソファに寝転がってうたた寝をすることもなかった日々が、いま一度見返したいと思う映画のようにさらさらと流れていく。

その日の夕刻も、薄い水のようなものがやってきた。ソファに寝転がっていた私は、西日に照らされている和室の畳を、うたたねから目覚めたばかりの重ったるい目で眺めていた。全身汗まみれ。そのけだるい体に、起きたはずなのに起きた気がしない浮遊感があった。焦点が定まらない目が、しきりに床の畳のほうへと動いていく。

「ああ」と、生臭いため息が出た。

暑さのせいで掃除をなまけているうちに、いつの間にか綿ぼこりがたまっていたらしい。その白いほこりの塊に、折りから差し始めた夕陽があたり、内側から発光するように赤く光っていた。その綿ぼこりを眺めているうち、真っ白な封書が届いたときのことが遠い夢のように浮かんできた。

封書は、東京のマンションの郵便受けに他の郵便物と一緒に投げこんであった。裏返してみた女性名の差出人の名前に、心当たりはなかった。中にはふたつに折り畳んだ死亡通知の葉書が入っていた。

開いてみると、長く忘れていた男の名前が飛びこんできた。

「……葬儀・納骨はすでに私たち家族で済ませました。密葬は故人の遺志でございます。お知らせするのが遅れましたこと、お許しくださいませ。

………」

黒枠の死亡通知には、和紙の手紙が添えられていた。男の実妹からだった。手紙には、「死んだということだけはこのひとに知らせてくれ」と男に頼まれたこと、家族はこのことを知らないし、手紙と死亡通知を送ったのは自分の一存であること、手紙はすぐに始末してくれるようにと書いてあった。

まだ綿ぼこりは同じ位置にふわふわしていた。西日を受けて、いっそう赤く膨らんでいく。

なぜ唐突に、届いた死亡通知と白い封書のことが脳裏を流れるのか、自分でもわからなかった。私はソファに寝転がったまま、再度目を閉じる。遠い場所にあった、遠いところに押しやったはずの男の顔が鮮明によみがえった。そういえば、奈々子にだけはこっそりと打ち明けていた。

「本気だとしたら、どちらもばかね」としばらく黙っていた奈々子は言った。

綿ぼこりが赤いまま、少し動く。和室の網戸から夕暮れのなまぬるい風が入りこんでいる。さっきまでまったく動かなかった空気が、ようやく少しだけ夜のほうへと傾き始めているらしい。

声が遠くから聞えてくる。「おう、元気？」。いつも、大声で呼びかけるひとだった。絵を眺めるのが趣味で、ときどき、「どうこれ」と、手に入れた若い作家のさして高くない版画を見せにきた。そういえば彼からもらった版画があったっけ。女性版画家の木口《こぐち》版画。B6ノートくらいの大きさで、鼠の絵の片隅に「ティリ・ティリ鼠」とタイトルが書いてあった。

「このティリ・ティリって、なに？」

「わからんよ。わからんところがおかしい。鼠の顔が面白いだろ。つい目が合ったから買ってしまった」とためつすがめつ眺めていた。熱意がこもっているせいか、唇が薄く強く結ばれていた。ときおり強く結ばれる唇が好きだった。なにか言いかけて、唇をぎゅっと結ぶこともあった。そのとき、ふいに男を包みこむ深い沈黙も、好きだった。

あの絵は、しばらく部屋に飾っていたが、いまはどうしただろう。マンションの押し入れの奥にしまいこんだか、それともだれかにあげてしまったのか。何年も目にしていなかった。

ティリ、ティリ・ティリ……。

鼠が歯ぎしりするような音節が、赤い西日の部屋に満ちた。

あんなに親しかったのに、なぜ別れたのか。素知らぬふりをしていても、不意打ちのように男の家庭のにおいが漂う、そのかすかな気配が堪え難くなったのか。たぶんそうだ。私たちは、頻繁に会っていたけれど、親しさの底にひややかな一線があることをいつも意識していた。触れてはいけないものがあることも知っていた。言葉にしたら、壊れてしまう。しかし、それをつい口にしたのは私のほうだった。

「始まりがあるのなら、終わりだってあるわよね。このままじゃ、前に進めない。ね、もういいでしょう。そうさせて」

言いたくて言ったのだった。

ティリ、ティリ・ティリ……。

けば立った古いソファに横たわっている額から、汗がつつとクッションに流れた。背中も腕も寝汗で湿っている。西日はいよいよ濃くなり、窓の向こうが濃いピンク色になっている。和室の畳に、窓枠の四角い影が長く鮮やかに伸びていた。

もう終わりにしようと決めてから、一度も男とは会わなかった。若いころ一緒に上京した男ともそうだった。会わないと決めると、以来頑固に会わなかった。それでも電話だけはかかってきた。「おう、元気？」

「おう」という声を聞くたびに心が震えた。大切なものをぽいと捨てた。八年間親しんだいいものを捨ててしまったと何度も思った。最後の電話はどうだったか。たしか「おう」と言ったあとしばらく沈黙し、「飯、食おうよ。たまにはいいだろ。終わりがあればまた始まりだってあるじゃないか、来週どう？」と弾んだ声で聞いた。会わないでいた時間なんかすっと飛び越えそうな明るさだった。

いま思うとあの電話の明るさには、なにかを伝えたいというせっぱ詰まった雰囲気があったような気がしないでもない。「会わないわよ」と断り続ける私に、「会おうよ。会いたい。鎧着るなよ」と珍しく執拗に言った。男があんなにしつこかったのは、どこかで自分の体の異変を感じ取っていたからかもしれない。食事を断って以来、一度も男からの電話はなかった。長く闘病生活をしていることも知らなかった。

当時、私にわかっていたのは、互いにもう若くないこと。これ以上距離を縮めることは不可能だということ。一緒に暮らす幻想もはなからなかった。だから男が家族の元に帰ったのは正しかったのだ。ともに病と闘い、見送ってくれる家族がいてよかったのだ。

……。

ティリ、ティリ・ティリという遠い音は消えていた。

セミももう鳴き疲れたのか、あたりは静かだ。その一瞬の静けさのなかに、手紙をゴミ箱につっこんだあと歩いた、目黒川の真っ赤な夕焼けが広がっていく。

別れてから年月がたっていたせいか、悲しみや喪失感は不思議になかった。むしろ、私は驚いていた。自分だけが生き延びてしまうのはなぜだろう。片方が沈む天秤（奈々子もそうだ）の一方で、私はいつも沈んでいくものを見下ろしている。そう望んだわけじゃないのに、生きるほうに生きるほうにと選ばれてしまうのはどういうわけか。

夜景が見たくなって非常階段を上がったのは同じ日だったか、何日かあとだったか。

私は和室に広がる夕暮れの光と、ふわふわと漂うような綿ぼこりを見ながら記憶をまさぐる。

屋上から見下ろした街は、どこもかしこも光がきらめいていた。一番目立つのは、数年前、自宅マンションの真正面に建った三十六階建ての高級分譲マンションだった。建設計画が持ち上がったとき、地域のひとと一緒に反対運動をし、何十本もの旗を作り看板を立てた。あんなに一生懸命、反対運動に参加したのは、ここがこの先、私が老いる場所だと思ったからだ。半島に家はあるが、あれはほんの仮の宿。家族と集うつかの間の家。ほんとうに老いて行くのはここなのだと。

しかし、反対運動にもかかわらず、ビルは建った。補償金のおかげで私の部屋は、防風と騒音防止のための二重サッシ窓になったけれど、東と南から差す午前中の光を取り戻すことはできなかった。奪われた光の代わりにやってきたのが、高層マンションからこぼれる夜の光。裕福な住人たちがつぎつぎとやってきた。

私は新しく点った光を見ながら思ったものだ。死ぬひともいれば、やってくるひともいる。何十年も同じ場所から動けないひともいれば、たやすく住居を買い替えることのできるひともいる。なんてこの世は釣り合いがとれているんだろう。

同時に私は少し震えたのではなかったか。悲しみや喪失感よりも、自分が生き延びたがっていることに気づいたからだ。こんなふうにひとは、知人の死や、いなくなることに慣れていくのか。

振り返ってみれば、もとは意味があったものが、抜け殻になっていた。親しんだ路地やそば屋も抜け殻、気に入りだったレストランも抜け殻。もうなにもない。おもしろいことがない。行きたいところがなくなった。どこにも熱情をかきたてるものがない。ここではんとうに老いて行くのか。それでいいのか。仕方のないことなのだろうか。男もまた私にとって抜け殻のひとつだった。熱情が消えた場所に、骸がひとつ、音もなく落ちていく。

その夜眺めた三十六階建ての高層マンションは、黒々とした要塞めいていた。分厚くて重く、いまにもこちらに倒れかかってきそうな錯覚に襲われた。それでも、東京の夜景はまぶしかった。

赤い夕焼けの光をベッドに寝ころんだまま全身に受けて、私は遠い記憶のなかに浮かび上がる自分の姿勢を背後から見ていた。屋上の鉄の手すりにもたれ、首を伸ばし、一番明るい都心の方角を眺めていた。視界にひとの姿は見えなかったが、照明に照らされた水槽のなかの水みたいな光があふれていた。ひっそりとして、冷たくて、見知らぬ宇宙に立っているようだった。

頭をもたげると、網戸からかすかな風が入りこんでいた。白いレースのカーテンが風を受けて膨らんでいる。綿ぼこりはどこにいったのか、さっきまで赤く光りながら床をふわふわしていたのに、目をこらしても見えなくなっている。

汗は少しずつ引き始めていた。

猫が戻っているのを確かめてベランダに立つと、恐ろしく濃い落日の色が斜面の底全体に広がっていた。森の木々が照り返しを受けて真っ赤に染まっている。血の色をした木々の群れ。しばし落日に見とれていた。この夕陽の色だけは、かなうことなら奈々子に見せたかった。「どちらもばかね」と言った奈々子の白いまろやかな顔が、脳裏で赤く輝く。

私は落日の鮮やかな西の空に向かって、つい呼びかけずにはいられなかった。

——奈々子、ばかでも利口でも、結局はみんな死ぬ。それはあなたが一番知っているんじゃないの？——

――そうね。みんな同じ。いつかは終わる――と奈々子の遠い声がした。

――そういつかは、なにもかもが終わる――オウム返しに私は答える。

――でもね――と奈々子の声が少し強く響いた。

――終わるまでは、同じ道を行くのよ。振り向いたり、脇道にそれたりしちゃだめ。私は脇道にそれちゃった。もう一度、戻れたらと思うことがある――

――戻る？――

――あなたを見ているとそう思う。半島を散歩するあなたに嫉妬しているのかも。きっぱりとなにかを捨てたり選んだりできる人間が、なつかしい――

――いまさらなによ。あなただって……決めたのよ。あんな形で決めたじゃないの――

――いい加減、忘れなさいよ、死んだひとのことなんか。生きているひとだけに会えばいいの。そして自分の分だけ生きればいいのよ――

――………――

もう落日は消え、空には夜の色が広がっていた。私は蚊取り線香をつけ、冷たい水で顔を洗った。

手早く台所に立ち、今夜の献立を考える。ただ白いものを食べたいと思う体があった。

死者たちの幻を、冷たくさらさらした食べ物で洗い流してやりたかった。まずはエアコンの冷たい風を浴び、それから薬味たっぷりのそうめんを食べるのだ。あとはオリーブオイルとレモンであえた冷やしトマトのサラダと、かつお節をかけた冷ややっこ。湯を沸かすために鍋に水を入れる。蛇口からあふれる水は案外冷たく、外では夏の虫が一斉に鳴き始めていた。

◎ほこりまみれの夢を見た。和室に掃除機をかける
◎SさんNさんへ、ご無沙汰をわびる手紙、東京のTさんからの食事会の誘いに断りの葉書。半島にいることを初めて知らせる
◎次に買うもの。キャミソール、枕カバー、練りワサビ、スイカ

眠る前、段ボール箱に押しこんできた金子光晴の詩集を開いてみる。金子光晴は愛知県生まれの同郷のひとだ。二歳か三歳ごろまでしかあの町にいなかったが、ずいぶん前から親しみを覚えていた。ぱらぱらとページを繰りつつ、「鮫」や「落下傘」より女を歌ったものが好きだと前に読んだときと同じことを思う。一番好きな詩は「洗面器」。

私は声に出して読んでみる。

「人の生のつづくかぎり。／耳よ。おぬしは聴くべし。／洗面器のなかの／音のさびしさを。」

洗面器におしっこする広東の女たちの、〝しゃぼりしゃぼり〟という表記が、深夜、こ

の家で簡易トイレを使うときの母を思い起こさせた。しゃぼりしゃぼり。いまだけを生きている母。先のことをだれよりも知っているはずなのに、食べて排泄し、また食べて排泄する日々に体をゆだねている母。

しゃぼりしゃぼり……なんていいたいけな生の音だろう。

そう、私は死者のことなど忘れよう。生きているものだけに会いにいくのだ。

またページをめくる。現れたのは南国の植物が顔を出す詩だった。ニッパヤシや芭蕉、ココヤシ。風にざわめき、ぼろぼろになっていく緑濃い葉たち。青空に突きささるシュロやヤシの間から、南国の驟雨のにおいが押し寄せる。

強くなくてはならない。強く。お尻を丸出しにして洗面器でおしっこできる広東の女のように。ぼろぼろになっても風にそよぐ南国の葉っぱのように。

7

もうすぐ立秋というのに、私はどこに行くにも頭から網つきの帽子をかぶり、長袖の服に軍手姿だ。腰には携帯用の蚊取り線香をぶら下げている。網戸からも微細な虫が入ってくるから、家のどの部屋も蚊取り線香を絶やせない。ほぼ一日中、煙に蒸されて暮らしている私の体は除虫菊のにおいがぷんぷんしている。ふっと下を向いて顔を上げるときなど、髪からも蚊取り線香のにおいが漂う。

「相変わらずのマイ・スタイルねぇ」

森への散歩ついでに、ぶらぶらと「越智養蜂」まで行くと、佳世子さんが私を見てぷっと吹き出す。蜂にさされないため、佳世子さんも網つき帽子をかぶるが、私の帽子は彼女の仕事用帽子に比べたら、ひどく間の抜けたものだった。

「ゆうべも何ヵ所かやられたわ」

「あげたドクダミのエキス、効かないの？」

「そんなやわな蚊じゃないのよ、沼の蚊は」

「去年はたしか、はちみつだったわよね」

「そうそう、塩と卵白とはちみつを混ぜたもの」

女王蜂の主食となるローヤルゼリーほどではないが、はちみつには、抗菌作用や傷を治す作用があるそうだ。そのはちみつを利用したものを「これ、虫さされに効くわよ」と譲り受けた。今年はドクダミのエキスがいいと教えられて、これも少しだけ譲り受けた。しかし、強烈なヤブ蚊にやられて腫れ上がった箇所は、薬を塗りこんでもかゆみや熱が一向に引かない。リンパ液がじくじくと染み出し、腕も顔もぼこぼこだ。

毎年同じことが起きる。他のひとはぽつんと針で刺されたほどの害しか受けないのに、虫アレルギーのある私は、さされた途端腫れ上がるのだった。沼だけではなく、近辺には竹やぶがあるから一帯がヤブ蚊やブヨの巣。そのヤブ蚊やブヨが入梅とともに一気に増えて、私はどこへ行くにも網つきの防虫帽子を手放せない。

「医者がくれた抗ヒスタミン剤も全然効かない」と私はひとしきり佳世子さんにぼやく。帽子を外すと、また佳世子さんが笑った。膨れ上がった顔がよほどおかしいらしい。

「夏の間だけ東京に戻ればいいのに……まるでお岩さん」

佳世子さんの言うとおりなのだ。私の皮膚はめっぽう虫に弱い。ならば虫の時期が過ぎるまで東京にいればいい。それなのに私は、半島の夏を逃すまいとしていた。せっかく長期滞在を決めたのだ。二十四節気のうちの一日が通り過ぎる瞬間を見届けたかった。私の皮膚の苦しみも、夏虫がもたらす二十四節気のひとつの顔なのだから。

半島の夏が、抗う私の体を荒々しく通り過ぎていく。

「ところで、佳世子さん」と私は言う。

この夏はいくつかの小さな事件があった。ひとつは倉田さんが茂った枝葉を伐採しようとして脚立から落下、足をねんざしたこと、毎朝このあたりを徘徊していた老トンビがカラスの襲撃を受けて姿を見せなくなったこと。橘さんの妻が夏風邪で寝こんだこともそのひとつだった。工房は一週間近くひっそりと静かで、近くを通ると橘さんの妻のせきこみがはっきりと聞えた。それがあんまり苦しそうなので、夕飯の差し入れとして作ったばかりのチラシ寿司、ナスの煮物を届けた。そのとき、橘さんから聞いた過去の事件の顚末を知りたくて「越智養蜂」に足を延ばしたのだった。

「私、ぜんぜん知らなかったわ。こんなにのどかでもいろんなことが起きているのね」

水を向けると、佳世子さんは一瞬ぽかんとし、「え、なんの話？」と聞き返した。

「ほら、白骨の……」と低い声で聞いてみた。

「ああ」と言ったあと、佳世子さんは少し遠い目で庭を眺めた。まるでそこに、なにかが転がっているとでもいうような顔だった。

「あれは、もうだいぶ前のことよ」

集落からやや西に広がる森のなか、それもかなり急斜面が続くくぼ地で、白骨死体が見つかったのだそうだ。じくじくと水が染み出て、あたりは廃材や廃車などごみだらけの場所らしい。私も足を踏み入れたことのない一角だった。

「そもそも、マムシが始まりなのよ」

佳世子さんは、言いつつ、苦いような酸っぱいような顔で肩をすくめた。前年のことらしい。

東京で常に仕事を抱えている私は、半島に来ても慌ただしく戻ってしまうことが多かった。近所の人とゆっくり顔を合わせないことも間々あって、事件には気づかないままだった。

「マムシ？　なによそれ」

耳を傾けると、佳世子さんの話には、どこか滑稽味と悲哀が混在していた。不法投棄を続けていた県外の建設業者が、その日もトラックを停めて廃材を森に捨てていた。いつもならそのまま走り去るのに、たまたまマムシ酒を造りたいと、以前来たとき一升瓶を何本か、その湿地周辺に置いたらしい。それを回収しようとうろついているとき、傾いてぼろぼろになった廃車のなかに見慣れぬ〝なにか〟がちらと見えたのだ。

「あわてて逃げたらしいけど、見たものを仕事仲間につい話したのが運の尽き。話を聞いたひとが警察に連絡して、騒ぎになったの。マムシ男ももちろん捕まった。不法投棄の常習者だったそうよ」

「間の抜けた話ねぇ」と感心すると、佳世子さんは憮然とした顔で言った。

「夜ならともかく、真っ昼間よ。まったく、バカにされたものだ。家にこもっている年寄りが多い土地だし、不法投棄を警戒する見回りがあるわけじゃないから、昼間でも絶対に見つからないって舐めていたのね。捕まったのはいい気味。それにしてもパトカーがすごかった。私、あんなに何台ものパトカーのサイレンを聞いたの初めて。刑事物のテレビドラマみたいだった」

廃車なら、私も森のあちこちで見かけることがある。だれがいつどうやって捨てていくのか。少し前はなかったはずの場所で、突然出会うことも少なくなかった。初めて行く森で出会ったときは、ぎょっとする。だれもいないはずの車内に、妙なものが潜んでいるのではないかとつい身構えてしまう。

マムシもそうだ。沼の多い湿地帯だから、春から秋、頻繁に出没する。一度だけ出会ったことがあるが、毒のないアオダイショウやシマヘビの鷹揚さとは違って、とぐろを巻いたまましばらく動かない。威嚇よりもあの固まり方がやけに頑固そうでいけすかないのだ。ゴム長靴、手袋、長袖、それにできれば鎌と木の棒を持って歩きなさいと、ずいぶん前、倉田さんから言われていた。木の棒で周辺の幹を叩きながらゆっくり歩くと、おおむねへビは出あう前に草叢に逃げるそうだ。けれども歩き慣れた森では、うっかり鎌や木の棒を持っていくのを忘れてしまう。あ、と思ったときはもう遅い。運悪くマムシに出会ったときは、歩を止めてじっとしているしかなかった。相手が、のろのろと姿を消すまでの根比べである。

「でも、一升瓶だなんて……」

「山育ちのひとならたいてい知ってるわよ。昔はマムシ捕りを生計の足しにしているひともいて、みんな一升瓶を使ったらしい。ヘビは穴が好きなんですって。それにおおむね男は、マムシ酒が大好き。男の信仰って……わかんないわ、女には」と佳世子さんは肩をすくめた。

「ねぇ、どのあたり?」

言いつつ、私は自分で自分に呆れていた。知ってどうするつもりなのか。知人ならともかく、見知らぬ他人のことなのだ。

「どのあたりって……あなたが歩き回る森からちょっと先に行ったところ。まさか、現場を見たいっていうんじゃないでしょうね。歩きじゃ遠いわよ」

佳世子さんは、かかわりたくないのか眉をひそめ、「そろそろ、お茶にしましょうよ」と言った。

翌日、私は川原さんに事件を報じた日の地元の新聞を見せてもらった。佳世子さんは

「昔の新聞なんて、誰も持っちゃいないわよ」と断言したが、川原さんの奥さんが料理や手芸記事に混じってスクラップしていることがわかったのだ。

「まあ、なんというか、こんな気色悪い話でもこの土地のスクープやから。主人には悪趣味や、そんなの捨てろと言われたけど」と川原さんの奥さんは、少し後ろめたそうに言った。几帳面に切り抜かれた記事は新聞の片隅に載ったらしく、マッチ箱くらいの小さなものだった。

見出しは「山林に白骨死体」。ざっと要約するとこうだ。

○日、三重県S市X町の山林に白骨死体があると通報があった。○署によると見つけたのは同市の山林で不法投棄を繰り返していた和歌山県K市の建設業者の男（五一）。男は、四、五年前から三重県内の山林数ヵ所に解体工事で出た廃材などを不法に投棄していた。調べによると、男は白骨死体を見つけたものの不法投棄の発覚を怖れて現場から逃走。その後知人に相談していた。通報はこの知人によるもの。警察は男を廃棄物処理法違反の疑いで逮捕するとともに、白骨死体についても死因と身元を調べている。

妙な引力が私を釘づけにする。そっけない活字の上から、じっとこちらをみつめるものがあるようで、私は川原さんの奥さんが呆れるまでその記事を眺めていた。

ここにも溺れ谷があったのか。

私の好きな森。その森の深みに、思いがけない穴が開いていた。いいにおいのする下草や、青みを帯びた木漏れ日の向こうに、これまで想像しなかったものが潜んでいた。台所の屑入れから熟れたウリや野菜屑の腐ったにおいが漂っていた。蚊取り線香の細い煙がそれに混じり、室内の空気は重く暑苦しい。どこかでぶんぶんとカブトムシかカナブンの羽音がした。

テレビを消した部屋で、私はソファに寝転がったまま天井を見ていた。熱さでよどんだ脳にまたティリ・ティリと遠い音が聞えてきた。なじんだ森が不気味なものに変って行く。白骨？　死体？　ぽっかりと開いた眼窩をすきま風が通り抜けていくのが見えるようだ。風雨にさらされ、蛆やムカデ、ヘビ、野生動物に囲まれて少しずつ白骨になっていくひとの、孤独と寂寥が森の緑を濃く不吉なものにしていく。こういう死を、風葬とでも呼ぶのだろうか。

のろのろとソファから起き上がり布団に入るが、惰性で開いた金子光晴の詩集は文字の羅列、意味不明の記号に変っていた。脳裏には風葬という言葉のほかに、鳥葬という言葉も浮かんでくる。カラスは知っていただろうか。視線はポストイットを挟んだお気に入りのページから、一向に進んでくれない。本がいつもよりざわざわしていた。まだ読んでいないページの、記号化した活字が陰気に明滅を繰り返す。耳を澄ますと室内より外のほうがずっと静かに感じられた。活字のざわめきがひどくうるさい。

数分後、私は堪え難い眠気に襲われる。どこか遠いところでしゃぼりしゃぼり、ちゃぽんと水が流れる音がする。あれは母の排泄の音かしら、それとも雨が降り始めたのか。台所の蛇口が緩んでいるのか。それとも、暗い森が水を吐き出しているのか。白骨死体？　私の好きな森のどこで、その人は死んだのか。死んだひとのことは考えない。生きているひとにだけ会いに行く。そう決めた自分の心に、死に場所を探すひとの無数の影が重なる。しょせん、他人じゃないの。私は、私の好きな森をだれにも邪魔されたくない。穢さないでほしい……。いけすかない。

思いつつ、眠りへと引きこまれていった。


翌々日、佳世子さんから電話があった。

「いまひま？　うちのひと、帰ってるけど、あなたが興味があるなら現場を教えてあげろって。私はなんだか気が進まないけど……」

「行く」と私は答えた。ひとりで行くのはいやだが、佳世子さんと洋司さんが一緒ならなんとかだいじょうぶだという気がした。十分もたたず、うちの前まで佳世子さんの車が来て、私は虫よけの網つき帽子と携帯用蚊取り線香を腰にぶら下げ、豹柄の長靴姿で乗りこむ。助手席にはすっかり日焼けした洋司さんが、白い歯を見せて笑っていた。

「こんにちは」

「や、ひさしぶりです」

とうにみつばち連れの旅から半島に戻っていたはずなのに、洋司さんとはこれまで会う機会がなかった。半島に戻れば、野菜や果物のハウス栽培をしている農家などへ、受粉用としてみつばちを貸し出す仕事も舞いこむ。花粉の受粉にみつばちを使うことをポリネーションと言うらしいが、軽トラックに巣箱を積んで、県内県外を走り回る日々は相変わらずのようだ。

洋司さんは、首にまきつけたタオルでしきりに汗をぬぐう。すでにひと仕事してきたのか、Tシャツの背中は汗ぐっしょり。体が大きいので、軽自動車の助手席はずいぶん窮屈そうだ。

だれもいない道を車はぐんぐんスピードを上げる。舗装が荒れているので、赤い軽乗用車は大きく右に左にとゆれる。道のほうに伸びた夏草が、ときおりざっざっと車の横腹をかすめていく。明るい陽の差す南側の道端には、花弁を反り返らせた野生のオニユリが長い茎を伸ばしている。この町ではいたるところで見かける夏の花だった。

ところどころ、道路に赤黒いしみがあるのは、ヤマモモの実が熟れて落ち、つぶれたあとだ。熟れきった実から染み出た汁が、黒く湿った道路に血のような色を広げている。低い枝を車がかすめるたびに、ぱらぱらと音立てて、車の上にヤマモモの干からびた実と枯れ葉が降ってきた。

「乱暴なんだから、こいつの運転」

言われても佳世子さんはスピードを落とさない。怒濤のごとく車は、細い町道を駆け抜け、複雑に入り組んだ養殖業者の道へと入りこんだ。

歩きでの森の中の道ならわかるが、車を持たない私にはいまどの道を走っているのかまるで理解できない。徒歩で眺める風景と車から眺める風景は同じものでも、速度のせいでまったく違って見えるのだ。ただ周囲の森の形には記憶があった。いつも遠目に眺めるじくじくした森が、斜面の下に広がっていた。

「ここ」と、つっけんどんに佳世子さんが言った。

車を降りてみると、一帯にはごみが散乱していた。さびついた鉄骨、コンクリートの塊、ねじ切られた鉄筋、割れて粉々になった瓦、茶色い水のたまったプラスチックのバケツ、虫食いだらけの木材、ゴム草履、真っ二つになった蛍光管、たっぷりと泥水を吸って膨れ上がった何枚もの畳、中身がはみ出ているソファ、トタン板、雨どい、割れた鉢、古ぼけたレンガやブロックなどが足の踏み場もなく散乱している。どれもが茶色い苔、黒い染み、虫の死骸をびっしりと貼りつかせていた。

「すさまじいねぇ」

洋司さんがくぼ地の上で仁王立ちになったまま、言った。佳世子さんは、車の横に突っ立ったまま無言だ。どこかで私のことを「こんな場所に興味があるなんて、いったいどういう神経?」と思っているのだろう。

塗料の缶から得体のしれない液が染み出し、腐臭とも薬品類ともつかぬ渾沌としたにおいが漂っていた。油類も投棄したのか、水たまりには青緑色に光る膜が浮いている。その真ん中に、重量のある物体を取り除いたらしい空間がぽっかりと開いていた。

ここに白骨死体と一緒に廃車があったのだろうか。一帯はこみ合ったウバメガシ、松、杉が暗い影を落とし、羽虫や白い蛾が無数に飛び回っている。

たしかにマムシ捕りの穴場ではある。いまにもどこからか、細く光るものがぬらりと現れそうで足がすくむ。

「ごった煮の、鍋のなかみたいだ」

咽喉から押し出すような口調で、ようやく佳世子さんが言った。

何度も投棄を繰り返したのか、奥にはまだ廃物の山がありそうだった。ちらちらと木漏れ日が落ちる明るい場所に目をやると、重なりあった樹木の根元に、金魚が泳ぐような形の赤い花が群れている。球根類の夏の花だ。

廃材や土壁と一緒に運ばれて花を咲かせたのだろう。ろくに陽の差さないくぼ地で生き延びてきた植物は、姿形のかわいらしさにもかかわらず、どこかふてぶてしい。草のあまり伸びていないくぼ地の虚空と、赤い花の対比が妙にちぐはぐで胸がひやりと沈む。しばし私たちは、無言のまま廃材の山を見ていた。私も佳世子さんも洋司さんも用心深く、白骨のことは口にしない。やがて、佳世子さんが、「むかつく」と怒ったように言った。

佳世子さんが、心底不快を覚えているのがよくわかった。それは私も同じだ。なんだってこんなところに来る気になったのだろう。私は、自分の軽薄さをとうに後悔していた。見てはいけないものを見たあとの後味の悪さと、吐き気を伴った硬直が体を重くしていた。同時に私は、死者を土足で踏みにじっているような、自分が不遜で思い上がった存在に堕落したかのような落ち着かなさを覚える。

私はなにを見たかったのか。漂う魂が見えるとでも思ったのか。

沼に小舟を発見したとき、私はうれしかった。自分を待っていたものと会えた気がしたからだ。太陽のなかに顔を出した木製の舳先は、触れた途端、生き物のように私の手を温かくした。しかしいま見ているものは違う。会いたいものでもなく、会うことを期待していたものでもない。むしろ目の前の光景は、これまで明るく晴れ渡っていた半島の隅々を暗く憂鬱なものにした。散乱するごみもまがまがしく、邪悪。赤い花もどこか悪魔めいてみえる。なんて孤独に満ちた場所だろう。森が持っている喜びの音楽を拒絶する場所。ひとを拒絶する沈黙の場所。こんなものを私は見たかったのだろうか。

気を取り直してみると、姿は見えないが鳥の声が飛び交っていた。鋭く高い呼び交わしは、あちこちから降ってくる。こちらを威嚇しているのかひどく気が立ったような鳴き声だ。そのまんなかに立ったまま、私たちはしばらくごみの山と濁った水をぼんやりと眺めていた。

「もう帰ろうよ」

佳世子さんが言い、私は「ごめん」と小さく言う。真夏というのに、さっきから長靴の底に、冷たいものが広がり始めていた。土の湿気だけではない、腹底から広がる妙に不安な冷たさだった。

死者に関わってはいけない。死者に触れるな。向こうから彼らが来るまで、むやみに境界を押し開くな。

帰り道、佳世子さんは来たときほど車を飛ばさなかった。むしろ、車はのろのろと走った。気持ちを鎮めるためにわざとゆっくりと走っているのだ。洋司さんは今度は文句を言わなかった。私も、無言。ときどき、ざっーと草が車の横腹を擦る音を聞きながら、乾いた道路を見ていた。車内にはいつの間にか、腰にぶら下げた携帯用蚊取り線香の煙が立ちこめていた。

――立秋。常緑樹の挿し木、鉢ものの植え替え、草花の苗の植えつけ。草木の切り戻し、挿し芽。ミズナやコマツナの種まき。ナス、ミニトマト、ピーマンの収穫、ニガウリ、オクラ、モロヘイヤ最盛期。etc.――
◎キュウリ、倉田さん、川原さんより大量に届く。数日、キュウリの醬油漬け作り
◎下の入り江にアサリを採りに行く。水際にざくざく。市販のものより小振り。毎晩アサリのワイン蒸し、パスタ
◎次に買うもの。蚊取り線香特大缶。酢、マヨネーズ、ツナ缶、トイレットペーパー。料理用ワイン

8

盆が来ると集落は一気に賑わう。

望月さんが奥さんと一緒に大阪からやってきた。閉ざされていた平岡さんの家も窓が大きく開いていた。川原さんの家は息子夫婦と孫二人が夏の休暇を過ごしに来る。橘さんのところも孫数人がやってくる予定だそうだ。

倉田さんだけが、「年に二度のおつとめ」と言いつつ、家族のいる奈良市へと帰っていった。盆、正月だけ妻子のいる自宅に戻るのである。出かけるときは、発泡スチロールの箱に菜園でとれた野菜や、土地の魚介類をぎっしりと詰めこみ、ワイシャツ、ネクタイ姿、麻のジャケット、頭には白いパナマ帽を乗せて車に乗る。正装姿で自宅に向かう倉田さんはかっこいい。「わぁ、ダンディね」とつい声をかけたくなるが、半島に戻ってくるときはどこで着替えてくるのか、いつもの作業着姿なのがおかしい。

年に二度しか帰らない倉田さんを、奈良にいる家族がどんな顔で迎えるのか、私には想像できないが、半定住を決めこみ田舎でひとり暮らしをしている夫を、案外妻ははらはらした気分でながめているのだろう。私がそれとなくそう言うと、

「毎日、生きているぞと決まった時間に電話するもん。女房孝行にもいろいろありやね。安泰、安泰」

倉田さんは、かっかっと笑う。

たまに戻る気分は悪くないのか、一週間前からこれとこれを持っていくと決め、ずいぶん忙しそうだった。帰る当日、「箱に入りきらんかったから、これ、あんたにプレゼントするわ」と、冷凍してあった魚の切り身やアサリ、土のついたチンゲンサイや巨大ピーマンを届けてくれた。魚や貝は自分で捕ったもの、野菜はもちろん倉田菜園のものだ。

長居はしないと決めているのも倉田さんの流儀だ。せいぜい三日か四日で半島に戻ってくる。「あら、もう?」とみんな呆れる。こんなに早く戻ってくるなら、野菜も魚介類も私にくれなくてもよさそうなものだが、半島を留守にする心の整理として、なにがしかのものをぽんと預けたくなるらしい。

そんな倉田さんは愛らしい。奈良から戻ると、自分のほうからやってきて、「ああ、やっぱりここはいい。向こうでは、どうにも居場所を見つけるのがやっかいで」と苦笑いしつつ言う。

「父帰る。大歓迎だったでしょ？」とからかうと、倉田さんはむきになって言うのだ。

「都会にいると体がなまるね。自分が作ったものとは味も違うし。私は自家製のものが好きなんよ。街のレストランやら料理屋は、見た目ばっかりのファッションや。最後の夜はゴーヤのぶらぶらを夢に見た」

「あはは、ファッション……ゴーヤのぶらぶら」

私は笑う。倉田さんは、自宅の菜園で毎年、ゴーヤを作る。今年も何十本もの真っ青なゴーヤがぶらぶらと揺れている。戻ったら、取るものも取りあえず菜園や竹林に駆けこむ倉田さんの足取りは軽い。正装のパナマ帽はどこへやったのだろう、かぶっているのは色あせた麦わら帽子だ。倉田さんの愛は、家族を離れた途端、菜園や竹林にさんさんと降り注ぐらしかった。

盆の入りから数日、集落には話し声、笑い声のさざ波が寄せたり引いたりしていた。望月さん夫婦の大阪弁、平岡さん夫婦が趣味のゴルフにでかけるときの車の音。平岡さんには半島にお気に入りのゴルフ場があるのだった。川原さん宅から聞えてくる孫や息子たちのにぎやかな声、橘さんの家でも毎日孫たちを海辺に連れ出すのだろう、物干し竿にハンカチみたいにちっちゃな水着が干してあった。庭でバーベキューをする華やいだ気配も伝わってくる。

真夏の長い一日、私は遠くから聞えてくる住人たちの屈託のないさざめきを耳に、午睡を決めこんだり、枯れ始めたショウブ類の株の始末をした。夏草は恐ろしい勢いで伸びていく。ごっそり抜いても、次の日にはまた別の場所に顔を出す。涼しくなった夕刻を狙って、ちょこちょこと草を抜いた。

汗まみれの労働の合間には、ウバメガシの木の幹を赤い蟹が何匹も木登りをしているのを見ていた。浜や防波堤で見かけるような赤い蟹、茶色の蟹、緑色めいた小蟹が、ざらついた樹木の表皮にハサミを立てて、横歩きではなくまっすぐに上っていく。ハサミと甲羅を重そうに動かして、のろのろとしたミリ単位の行進だ。

ヤシの実を落とす南の島のヤシガニは、テレビの生き物特集番組で見たことがあるが、木に登る蟹を見るのは初めてだった。

どうやらこれが、川原さんが「産卵時にいっぱい見かける」と言っていたアカテガニらしい。ということは、今年も産卵に行く蟹の行進を見損なったということだ。

「くやしいなぁ。通り抜けるときはお邪魔しますくらいは言いなさいよ」と呟きながら周囲を探索すると、花壇も農道も沼べりも蟹の穴だらけになっていた。直径二センチくらいの穴が草陰や花の根元、泥土の上に散らばっている。

土止めにした瓦をひょいと動かしてみると、そこが蟹の一家の隠れ家だったりもする。いきなり隠れ家をあばかれた蟹たちは、光と空気の変化に驚き、素早く別の穴へともぐりこむ。庭で孵ったのだろうか、それとも海から上がってきたものか、居心地よさげな顔をして私の庭に住み着いているのだった。子蟹が一気に増える時期があると聞いていたが、いまがその季節なのかもしれなかった。視界のなかですれ違ったり交差したりする幾匹もの蟹を見ていると、それが今年の蟹か去年の蟹かあるいは数十年前、または数千年前の蟹かわからなくなる。すべてが混在して溶け合い、いまここにひしめいているかのようだ。

夜には、真っ黒な樹間の向こう、リゾート施設やホテルのある対岸から、ガーデンパーティが催されているのか、フルバンドの演奏が流れてくる。別の夜にはカラオケに興じる声、花火が打ち上げられる音が届いた。海風に乗って、それらの音は、ときに小さな静寂を伴いつつ、うねるように運ばれてきた。

しきりに星が流れた。街路灯ひとつないぶ厚い闇を、夏の星座がよぎる。一番明るいのはさそり座。心臓部分にある赤いシンボルのアンタレスがゆっくりと移動する。次に目を奪うのは、さそり座の西にあるてんびん座と長く延びた天の川だ。無数の星のきらめきが、天空の川のさざなみのように光る。吸いこまれそうに深いのに、手が届きそうに近く感じられるのが不思議だった。

月のある夜には、黒い森が青みを帯びる。同時に沼も水の反射で明るくなる。その真上を、滑らかな弧を描きつつ、切り抜きみたいな三日月や満月が通り過ぎていく。

蚊取り線香をいくつも焚き、ベランダから月や星の動きを眺めるのが毎夜の楽しみだった。折畳みのデッキチェアに体を投げ出し、ぼうっと空を見ていると、波動のようなものが体内をかすめていく。地球の自転の震えだろうか。体と空が一瞬にしてつながるような未知の感覚に襲われる。同時に人間が流れることなく地につながれていることが、なぜか奇跡のように思えてくる。夜風の動き、葉擦れのかすかな音が五感の境界を溶かしていくのか、体が人間の生理学、ヒトの時間をどんどん離れ、得体のしれぬものに変化していくようだった。ああ、こんなふうに、体は肉体を離れていくのか。これが無になるという感覚なのか。どこか遠い場所で放たれた、見知らぬひとの体が乗り移ったようでもある。

私は耳をそばだて、無限の漏斗みたいな空に目をこらし、闇に身を投げ出していた。蛾や羽虫がくるくると弧を描きながら光に群れ集まってくる。網戸には巨大なカブトムシとカマキリがしがみついている。森のどこかで枯れ枝を踏むひそやかな気配がするのは、このあたりに住むタヌキや野うさぎが餌を探し回っている気配だろう。ベランダでそれらの生き物の気配を探りながら、なんでもいい、一度くらい獣になってみたい、今ならなれそうだと思う。

東京から半島に通っていた昨年まで、交通網が混雑するこの時期の滞在をはなから敬遠していた。つまり私はしげく小屋に通いながら、真夏の半島を知らないでいたのだ。そのせいで盆の時期の低い星空や行き交う動物、昆虫も含めて半島のにぎわいが珍しく、また、そのにぎわいがかすかな寂寥をもたらすのだった。それは、これまで経験したことのない、あわあわとした寂寥だった。

夫婦ふたりで来ている望月さんも、似たような感慨があるのか「孫、連れて来ればよかった。ばあさんとふたりじゃ暇を持て余す。夜は妙にさびしいし」と言っていた。

夫婦とも八十代。久しぶりに来て庭の草の茂りように仰天しても、すぐに体は動かない。しかも炎天続きだから、とても草取りする気分になれないらしく、冷房をつけっ放しにした室内でテレビばかり見ていた。夜になれば、そうそうに眠るしかすることはないらしい。

それでも少し日差しが弱まると、そろって家を出てくる。数年前、年齢を考えて免許更新をあきらめた望月さんは、用足しにはいつも土地のタクシーを利用する。そのつど、庭先からこちらに向かってだみ声が響く。

「あんた、スーパーへ一緒にいきまへんか。タクシー、呼びましたから、よかったら乗せていきまっせ」

申し出があれば、ありがたく受ける。普段は週に一度、一時間に一本の循環バスを使って郊外型スーパーマーケットに行く。よほど切羽つまったときは、自転車で十分余のところにあるJAの支店や、調味料、氷菓子、パン類、トイレットペーパー、洗剤など必要最低限のものを置いている「まこも商店」へと駆けこむ。けれどもそれだけでは間に合わないことが多かった。

私はこのところ、倉田さんが「今年は大豊作」と届けてくれた「ぶらぶら」、ゴーヤばかり料理していた。サラダ、チャンプル、酢の物、佃煮。他にはこれももらい物のカボチャを使った煮物やクリームスープ、グラタン。それらはもうさんざん食べたし、昼食の定番にしている、冷ややっことそうめんにもいい加減飽きがきていた。肉も魚もピザシートも、数日前、冷凍してあった最後のものが切れてしまった。補充しなくてはならない調味料や肉類、買い忘れている雑貨類のメモをポケットに入れ、遠慮なくタクシーに乗った。

望月さんは大阪の実業家である。もとは木材加工業を営んでいたが、父親の死後郊外にホームセンターを開いた。それが成功して関西圏を中心に数ヵ所支店があるそうだ。十年ほど前、息子に社長業をゆずった望月さんは、いまは悠々自適。市内のマンションで暮らすかたわら、妻とふたりで旅行三昧をしている。半島に別宅が建った当初は頻繁に来ていたが、最近では春分のころと盆、それに正月明けの数日だけしか滞在しない。間欠的にしか来られなかった私とはなかなかタイミングが合わないから、親しくなるのに時間がかかった。それでも会う回数が積み重なると、ひとなつこさが染み出す顔を見せた。

広い敷地には、目をむくほどの大きな庭石がいくつも鎮座している。いつだったか「わたしの趣味は石を眺めること。マンションじゃ石ひとつ置けまへんから、ここに土地買いましてん。長年の夢がかないましたわ」と言っていた。ときどき、その庭石のひとつに腰を下ろし、草むしりや花苗の移植をしている私に声をかけてくる。

「土の表面いじっとるだけでは、大もうけできまへんで。同じ土掘るなら、金鉱でも探しなはれ。女の金鉱掘り、カッコええですやん」

実業家らしく、言うことが大きい。今日も、望月さんの口調はざっくばらんだ。タクシーに乗りこんだ途端、野太い声で言う。

「このクソ暑いのに、あんたんちの猫、うちの庭をゆうゆうと歩いとりましたで。えらいマッチョな猫でんな。うちの大阪のハスキーちゃん（犬の種類なのか名前なのか、何度聞いてもわからない）は、ここんとこバテバテですわ。猫っちゅうのはみんなああでっか。夏バテしまへんのか」

聞かれても困ることを望月さんは聞く。それにマッチョと言う言葉をすらっと口にするなんて。息子や孫の会話を聞きかじって覚えたのだろうか。まあ、たしかにマッチョな猫ではあるのだが。普段人気のない望月さんの家の敷地は、とうにうちの猫のテリトリーになっていて、我が物顔でベランダに寝そべったり、草まみれの庭で虫と遊んでいる。そういえば、昨日は望月さんの家の風通しのいい床下で、夕涼みを決めこんでいた。私はつい恐縮してしまう。

「すみません。勝手に出入りして。見かけたら追っぱらってやってください」

「あ、かましまへん。いくらでも出入りさせてやってや。動くもんがあるの、ええもんやし。目の保養や」と、奥さんが笑いながら言った。

庭石のように重みのある望月さんと、丸っこい小石のような奥さん。私たちは、これまで会えなかった時間を埋めるように、とりとめのない会話を続ける。

「あと何回、来られますやろな。いっつも、主人と話してるんですわ。あっという間に年とって」と奥さんが私の隣でしんみりと言った。

「うちの母も同じことを言ってます」

「そや、お母はん、元気でっか」と望月さんが助手席から振り返った。

「ええ、おかげさまで。今年の六月、ホタルを見に来ましたよ」

「へぇ、ホタル。ホタルがこんな山んなかに出ますんか」

「ええ、うちの沼が生息地になっているらしいんです」

「そりゃまた。来年にはぜひ見にこんと。長生きはするもんでんな。ところでお母さん、足悪かったんと違いまっか」

「ええ、悪いのは悪いけど。義肢が案外ぴったりと合っていて。車いすを押せば歩けるんです」

「へぇ、すごいわ。わたしら、両足あってももう半分幽霊や」と望月さんは肩を揺する。

「こんな栄養のいい幽霊がどこにいますか。少し痩せんと、幽霊にもなれまへんで」

混ぜっ返す奥さんの言葉に笑いがはじけた。

道路端には、養殖の真珠貝の殻や牡蠣殻がギンバエをたからせていた。肥料用に積み上げてある白い塊が、ぎらつく太陽に生臭いにおいを放っている。黒や青のシートをかぶせてある場所もあるが、おおかたがむき出し。貝の裏側の玉虫色の膜がときどき太陽に反射してきらりと光る。タクシーの窓越しにそれらを眺めつつ、私は「じゃ、来年の六月。母と一緒にホタル見物しましょうよ」とやけにはしゃいだ声で言った。

梅雨明けから続いた猛暑のなか、私は自分でも落ちこむほどにへばっていた。年齢による体力の衰えも関係していたが、盆の過ごし方がまるでわからないのだ。母の家に行けばそれなりの盆休みを過ごせただろうが、ここ何年も帰省したことがなかった。むしろ帰省を避けていた。弟夫婦の、久しぶりに地方の大学から戻ってくる甥や姪との水入らずの時間を邪魔したくなかったし、行けば自分の居場所がなくて落ち着かないのがわかっていた。家族の団欒姿は、私の日常からなによりも遠いものだった。

だから私は、自分のなかに欠落しているものを痛いほど意識しながら、家族とともに過ごす半島の住人たちを見ないようにしていた。ムキになって草取りをし、花の終わったアジサイの剪定にやっきになり、崩れかけた花壇に土を運んだ。その不自然さ、ぎごちなさ、疲れが、他愛ない笑いとともにすっと溶けて行く。都会から訪れる裕福な観光客や若者が集まるリゾート地が嫌いで、奥まった場所に別宅を作った望月さんは、どこかこちらの気分に添う存在でもあった。その望月さんが、来年はあるかどうかわからないと言っている。そんなひとに私は、母の背中を押すのと同じ気持ちで、「来年はある。そんなものすぐにくる」と鼓舞したいのだった。

この時期、東京は静かだろう。マンション周辺の国道を行き交う車も減って、街の熱気は、いくらかましになるはずだ。そういえばもう長い間、レンタルビデオ店に行っていない。盆の時期、街が静かになるのを狙って、映画ビデオやDVDを何本も借り、ひがなソファに寝そべって見ていた。最後に見たのはなんだっただろう。思い出せるのは、シャーロット・ランプリング主演の妻が、海辺で失踪した夫を待ち続ける「まぼろし」とか、南国の果物や食べ物、それを調理する女の手がこのうえなくチャーミングだった仏＝ベトナム映画「青いパパイヤの香り」など古い映画ばかり。中国や韓国の最新作映画もたくさん見たはずなのに、タイトルも映像も一向に浮かんでこなかった。

脳裏をよぎるのは、車の減った都心の道路に立ち昇る陽炎だけ。その蜃気楼めいた空気の向こうに、都会の夏がバーチャルな映像のようにゆれていた。

望月さん夫婦、平岡さん夫婦がそれぞれの本宅に帰っていったのは、八月十八日。橘さんの家も孫たちが帰ったらしい。散歩の途中、工房を覗いてみると、子供用の水着は消え、染め上がったばかりのスカーフやTシャツが竿にひるがえっていた。紫、褐色、ピンク、水色。ときどき藍の染料の粘り気のあるにおいが風に乗って漂ってくる。広い庭にはいい染料になるというクサギの木が紫色の花をぎっしりとつけている。

橘さんがこの地に来たのは、私が家を建てるよりずっと前で、いまやどっしりと地域に根を下ろしている。工業用機器の設計技術者として定年まで勤めたあと、妻とふたり、念願の自然染めや織りをやるために草木類が豊富に手に入る半島に移住してきた。いつかは海と山、両方がある土地で工房を持ちたいと思っていたという。鉄の女からはちみつ屋の妻になった佳世子さんと同様に、工学とは対極にある晩年の日々を選んだ橘さんも、私にはその変身が珍しかった。

「不思議ですね。理系、それもハイテクの世界から染めなんて」とあるときそう言うと、橘さんは穏やかな低い声で「いや、どちらもカガクですから」と言った。なるほど、自然染めは、その名の通り、自然界の法則に添ったサイエンスでありケミストリーでもあるのだった。妻が手がける複雑な織りもまた、どこか工学の設計図に似ているのかもしれない。

夫婦ふたり並ぶと、品のいい女雛と男雛のよう。ともすれば兄妹のようにも見える。夫は真っ白な髪を後ろで一つに束ねた作務衣姿、妻のほうは切りそろえたおかっぱ頭に自作の自然染めの衣服をゆったりと着ている。自然染めを志すだけあって橘さんは古典に詳しく、眉と髪が美しい妻を「うちの女御」と呼ぶのだった。ニョウボウではなくニョーゴ。敬いを含んだレトロな響きが、互いを支え合ってきた年月の形をそれとなくこちらに伝えてくる。

生活の中心にあるのは四季、それも二十四節気。うつろうものは、うつろいのままにだ。なにかを足したり引いたりするのは人間ではなく自然。この世の主人は橘さん夫婦にとっては植物であり、空気であり、光らしい。

その橘さんが、ある日、わざわざ訪ねてきた。

「来週、倉田さんの竹林でちょっとしたイベントやりますが、どうですか、一緒に。時間はそうだな、日没のころ」

この春、倉田さんがタケノコを掘るついでに邪魔な雑木を何本か切ったせいで、竹林には明るい陽が差すようになった。それに加えて近くの小学校の児童たちが、学校での七夕祭に使う竹を大量に切っていった。おかげでさらに竹林は明るくなった。その明るく広がった林の中で、ロウソクを灯し、酒盛りをするのだそうだ。

集合時間は日没のころ。子午線を基準とした正規の時刻ではなく、太陽まかせのゆるやかな約束が心地よかった。

そろそろ処暑《しょしょ》。残暑の中に秋風が混じり始めるころだ。うちの庭にも、夏虫とは違う秋の虫の音が響き始めている。

その夜、いつもは真っ暗な竹林が無数の灯で輝いた。春先、水浸しになっていたドシャブリの木はすっかり乾き、切り株はほどよい高さの腰掛けになっている。竹の切り口に差しこまれた太いロウソクが、あちこちでゆらめく。盆の迎え火、送り火が一時に戻ってきたかのようだ。林のなかの精霊流しのようでもあった。

西の空が夕陽で真っ赤になったころ、三々五々集まったのは、橘さん夫婦、倉田さん、川原さん夫婦、それに「越智養蜂」の佳世子さんと洋司さん、洋司さんの知りあいらしい土地の男数人、それに橘さんの友人の男と染物教室に通う生徒さんたち。

竹林の周辺には各自が車に積んできたポリタンクやバケツ、ペットボトルが並び、たっぷりの水が用意されていた。飛び火の用心のためと、バーベキューの炭火の始末をするためだ。料理は根菜類の煮物、かつおのたたき、海草のてんぷら、手製の漬物類、イノシシ汁、そばサラダ、これも手製の鳥ささ身のスモークやハム類。それにバーベキュー用の魚、肉、貝類、野菜などが加わって、竹林の一角はちょっとした露店を開いたようだ。私が持参したのは、パックに詰めた手製の豆腐のみそ漬けと、ゼリーのお菓子。

風もない、穏やかな晩夏の夜だった。

私はいつものように腰に携帯用の蚊取り線香をぶら下げて家を出たが、さすがに今日は防虫ネットつきの帽子はなしだ。だれが用意したのか、いくつもの蚊取り線香が竹林の繁みのあちこちで青白い煙を上げていた。

持ち寄りの酒はふんだんにあり、時間を追うごとに甲高い笑い声、野太い話し声、炭火のぱちぱちという音が弾ける。竹の節の切り口を利用して立てたロウソクはざっと見ただけでも二百本はあるだろう。竹林全体がぼうっと発光している。

紙コップ、紙皿が配られ、ビール、日本酒、焼酎、ワインなどが遠慮なくどぼどぼとつがれる。車を運転して帰るのはたいてい女だから、男性陣の熱気はいやでも盛り上がっていく。今夜だけはどんなに酒を飲んでもだいじょうぶ。徒歩で戻ればいい私は、それにあおられるようにして、つがれるビールや焼酎を次々と口へと運んだ。

こんな酒宴は何年ぶりだろう。奈々子が生きていたころ、共通の友人たちや、酒場で知りあった男たちと朝まで飲んだ。だれがだれなのかわからない。もつれた酒が見知らぬ人々をつなげていった不思議な夜のいくつか。

バーや居酒屋を飲み歩いた日々の、気負いや勢いはとうになくしているが、体だけは若いころ味わった酔いの心地よさをまだ覚えているのだろう。竹林の精気を吸った酒はたちまち回り、私はなんでもないことに笑い転げる。

竹の葉が、頭上でさらさらとそよぐ。幹が触れ合っているのか、空洞を響かせるカランコロンという音も混じる。その音やロウソクの赤いゆらめきが、うき立つ気分を加速させた。笑い声があちこちから聞える。それがなんだか人声というよりも地の底から聞えるどよめきのようだ。だれかが、大声で言っている。

男1　……葉が黄色くなるんよ。養分が全部タケノコに行くから。だから春の竹は痩せるんだ。子を産んだあとの女みたいな……

男2　はは、夏痩せならぬ、竹の春痩せですか

男1　そうそう、だからさ、春の竹のことを「竹の秋」と言うんだ。逆にな、秋には生気

が戻るから「竹の春」って言うんや
男2　ほう、春と秋、違う顔ですか。不思議だな、竹ってやつは
ひとりはまぎれもなく倉田さんだろう。もうひとりは洋司さんの友人らしい。竹の話、タケノコの話となれば、倉田さんの右に出るひとはいないのだった。
別の場所からは、イノシシ汁を巡る会話が弾んでいた。
男3　……弱い電流なんやわ。畑に柵をこう張り巡らせて……触れるとイノシシも逃げるが、ただ、気絶させるまではいかんから、捕るにはやっぱり罠か鉄砲が一番。肉は若イノシシが一番うまいな
女1　そう。でも、ウリ坊だけはどうもね。子をとられた親の気分をつい思っちゃう
男3　そう言いながら、なんだ、あんた、さっきからイノシシ汁、食べとるじゃないか。その肉は若イノシシだ。ウリ坊ではないがまだこんくらいの大きさの子やで……
女1　あら、やだ。でも、食欲には勝てないねぇ。私、この汁、好物なんよ。おいしいわぁ。ところで肉はどうやって保存するの？　大きなイノシシなんか……
男3　ああ、獲れたものは全部解体して冷凍よ。ひとの頭くらいの塊にして。冬は鍋で、だしはな、かつぶしと昆布で……味噌味がめっぽううまいんよ
イノシシ狩りとイノシシ料理についての話はまだ続きそうだ。
橘さんの工房の生徒さんたちは、たぶん土地の主婦なのだろう。手製の漬物や煮物のレ

シピの交換がしきりに行われている。声は寄せたり引いたりする波のように、うねりながら届いてくる。間に佳世子さんのよく通る声が響く。

「……あ、それ蜂針療法のことよ。……うん、働き蜂の針をピンセットかなんかで抜いて、それを少しずつ、コリがある場所やリウマチのあるところにさすの。一気はだめよ。十回くらいに分けるらしいわ……さあ、私は怖いからやったことないけど、毒を入れるとすっとするって話は聞いたことある……ええ、あとでうちのひとに聞いてみる」

みつばちは民間療法でも効力を発揮しているらしい。毒には毒を。違う、毒をもって毒を制すだったか。私はだんだん頭が朦朧としてきた。

「食べてますか。これ、もう少し」

橘さんがまたそっと私の紙コップに酒をついでいく。橘さんの美しい妻は、火のそばと酒宴の席を行ったり来たりしている。バーベキュー用の肉や魚を焼いているのだ。白いエプロンをして、くるくるとよく動く小柄な体は、どこか野うさぎみたいだ。風に乗ってまた別の声がした。

男4　……アネモネって海のもんやろ。……え、その名前、花にもあるんか。おれはずっとイソギンチャクの一種だと思っていた。イソギンチャクにもアネモネっていうのがあるはずだが

男5　……ナマコも……あれは赤と緑があって俺は赤が好きやね

男6　昔は、ばあさんがそのへんの海に潜ってひょいっと採ってきたもんやのにな。腸《はらわた》が美味いんよ
男4　……なんや、あんたの手元、空やないか。もっと飲め、まだ宵の口やないか
料理のレシピ交換をしていた女たちの会話は、いつの間にか別の話題へと移っていったようだ。
女1　……町内会で出たのよ。森の大掃除のこと
女2　そんなの無理やわ。だれがいつ、やるの
女3　街路灯、増やす話も……らしいよ
女2　それも無理や。街路灯の前にまず電柱やろ。森全体に電柱なんて、そりゃ難しいわ
女1　村の墓地はどうするの。森のそばよ。夜中明るい墓地なんか、私、聞いたことないわ
女2　私、いややわ。こうこうとした墓地なんて……
竹林の床は降り積もった笹でさらさらだ。そのさらさらの斜面から私は滑り落ちそうになっている。川原さんの奥さんがいつの間にか私の横に座っていて、しきりになにか言っていた。
「ね、このままずぅっと、ここにいらっしゃいよ。死ぬまでここで暮らしなさいよ」
川原さんはこの夏八十代になった夫と二人暮らし。盆には息子夫婦と孫たちがやってき

たが、彼らが帰ったあと、しきりに「さびしいわあ」と言っていた。年をへるにつれて、人が帰ったあとのさびしさが身にしみるとも言っていた。「迎えるより、送るほうがあとできついわ。老人ばっかりだもの。これから、どんどん送ることになるわ。だから、いらっしゃいよ」

その隣で佳世子さんもなにか言っている。

「だめだめ、ここにいたらこの人、蚊取り線香まみれの煙くさい女になっちゃう。でも、そのうちに虫に対する免疫力ができるから、そうしたら、仲間に入れてあげる。それまでお預け」

「そうや、私の免疫力、あげてもええわ」

ビールと日本酒と焼酎とワインと、だれがいつついだかわからないものを、私は「あ、もう」とか「いえ、これで充分です」「あ、これ以上は……」とか言いつつ、いつの間にかしこたま飲んでいた。

闇の中で燃えるロウソクは幾重にもにじんで、自分の体も炎と同じように不安定にゆれていた。陰影があるようなないような、暗がりと光のまだら模様。ジュッ、ジューと肉が焼ける音や香ばしいにおいや、なにかがひっくり返る気配や、だれかが一番近い距離にある倉田さんの家へとトイレを借りにいく足音など、すべてが脈絡なく絡み合う。

広大な竹林に、次々と人が増えて行くように見えるのは、酔いのせいだろうか。だれかがアカペラで歌う声と、どっと弾ける笑い声がバイブレーションを帯びて長く尾を引く。

ぐるりを見回すと、どのひともう人間ではなくなっていた。全部が海のもの、山のもの。女たちが集っていたところでは、たくさんのイソギンチャクがひらひら口を開いたり閉じたりしている。私はなんとなくさっきの会話を思い出し、ああ、みんな海のアネモネになってしまったんだと思う。

別の場所では大小の牡蠣が不格好に踊っている。ごつごつしてどれも陰影が深い。肩を組んで重なりあっている影は蟹だろうか。大きなハサミを振り回しながら、間断なくぶくぶく泡を吹いている。そのそばでは赤や緑のナマコがくねくね。黒いふんどしみたいに女たちの髪がからみあっている。ワカメやコンブ、ぽやぽやしたテングサそっくりの影もあった。野うさぎに変身したのか、ぴょんぴょん飛び跳ねているものもいる。こみ合い絡み合った海のもの、山のもの。いつの間に海から上がってきたのか。人間になって、平然と酒を飲んでいるなんて。

自分はいったいなにになっているのだろう。

竹林の向こうでは、わき水が流れる音がする。その音にバーベキューの炭を消すシューという音が混じる。竹林のロウソクもみんなすっかり消えていた。残り火を点検する懐中電灯の光や「もういいよ」という声だけがあちこちでちらちらする。

おや、もう、みんな海や洞に戻るのか。思いつつ、私は海底に似た深くて暗いところへと引きずりこまれていった。

……。

覚えているのは、だれかが私を支えながら家まで送ってくれた曖昧な記憶だけ。大きなクマのような体だった。「気をつけて、足元」「ほら、そこ、右手、木の根がある。転ばないで」と佳世子さんと橘さんの美しい妻が、クマに向かってしきりに囁く声もした。ふたりの女は野うさぎの顔をしていた。枯れ草のしみた毛皮のにおいがふっと鼻孔をよぎっていく。

9

——白露《はくろ》。草花や秋植え球根の植えつけ。バラの剪定。小松菜、ほうれん草の種まき。ナス、ピーマン、ニガウリ、オクラなどの収穫。野菜はアサツキ、ワケギの植えつけ。etc.
——

九月半ば。まだ残暑が厳しい毎日が続いていた。ベランダの床は燃えるように熱く、飛び交い始めた赤とんぼもどことなく勢いがない。顔を合わせれば住人は「いつになったら秋になるんやろ」「ああ、もういやになるわ。畑の土もからから。うちのピーマン、全滅ですわ」とため息交じりの会話を交わす。

そんな一日、私は思い立って駅に向かう循環バスとは別の、半島の先端に向かうバスに乗った。ウミウの首のような岬の途中に、ひとけのない小さな浜がある。観光客もサーファーも来ない穴場。深くびれた白い砂浜があると聞いたからだ。

半島に通いつつ、これまで海水浴にでかけたことは一度もなかった。もうそんな年齢ではないと思っていた。それがふいに「行ってみるか」という気になったのは、いい加減、夏草の処理にうんざりしていたからだ。何度も汗まみれになって、抜いた夏草を焼却炉で燃やした。熱気にあおられた体から塩分はたちまち蒸発、無性に体が塩を求めていた。

岬行きのバスは、もどかしいほどゆっくりと国道をゆく。右手はどこまでも森、左手は太平洋。一方は植物の緑、もう一方は青い水の氾濫だ。

バスに乗って三十分、くねくねしたカーブの続く道の先に、ぽっかりと深い湾が見えてきた。それが私のめざす今日の浜。橘さん夫婦が時折、染めに使うための海草を拾いに来るという海岸だった。なるほど、ひとっ子ひとりいない。波の静かな浜には、ところどころに浅い岩棚があり、黒っぽい海草が無数にひっかかっている。

私は、バスを降りると防波堤に上り、浜に続く階段を下りて行く。湾を囲みこむ防波堤の内側はいきなり白い砂地。ところどころ顔を出している岩棚のせいでどことなく巨大な石庭のように見えた。

黒いワンピース型の水着は若いころのもの。家を出るとき、Tシャツとショートパンツの下に着てきたので脱ぐのは簡単だった。洞窟のような場所を見つけ、あっさり素早く脱いだ。なんて静かな浜。泳ぎにはからきし自信のない私にぴったりの場所だった。うちの小屋から近い入り江は、外洋から奥まっているせいか潮の色はやや黄色味を帯びている。しかしここは、岩棚の底の底まではっきりと見えるほど透明だ。おまけに遠浅。私は握り飯と麦茶、着替えを入れてきたリュックを足元に放り出し、一気に水際へと走っていった。

だれもいない海水浴場。無人のひっそりとした湾。夏の終わり、たったひとりの来客を迎える海は、ちょうど引き潮の時間なのだろう、無数の生き物がうごめく潮溜まりを、太陽はたちまち日干しの場所に換えて行く。

私は平たい岩に腹ばいになって海中を覗きこんだり、仰向けになって水に浮かび、ぎらつく空を眺めたりした。ただ体を預けているだけ。胸のあたりに寄せたり引いたりする波をいったい何年ぶりの感触だろうとしみじみと味わう。

腕や腿は、水の屈折を受けて裸眼で見るよりも白くほっそりと感じられた。夏草で荒れた手も、日焼けした腕も自分のものではないみたい。こんなふうに、まじまじと自分の体や皮膚を眺めたこともここ近年なかったことだ。

もう、若さが誇るものなどには鈍感になっている。そう思いこんでいたのに、水の屈折を受けた指や腕や足は、自己満足に過ぎないとはいえ、まだ充分若く見えた。

少しいい気分になって、私はついと体を浮かべ、深みへと泳ぎ出す。顔を水面につけると、足元の岩棚にさまざまな魚が群れている。岩に貼りついたイソギンチャクが触手を動かし、ウミウシの一種らしい軟体動物がのったりと移動している。右に左にそよぐ赤い海草はテングサだろうか。黄色、白、緑、黒。名前はわからないが幾種もの海草が絡まりあいながらゆらめいていた。

ふたたび仰向けになると、瞼の裏に光が散乱する。まぶしさに目を開けていられないから、半眼のままあたりを見回す。防波堤の向こうの道路では、車やトラックが行き来しているはずなのに、聞えるのは波の音だけ。すべてから遮断された世界にいるようだった。

深い湾は一方が太平洋だが背後は町、あとの二方は屹立した高い崖地だ。なんてなつかしい、と私は白く乾ききった岩だらけの崖を見上げる。かつて私を呼んだおまえが、こんなところにも顔を出している。貧弱な私の体を見下ろしながら、崖は無愛想ながら笑っているように見えた。

ほとんどプライベートビーチにいるような気分。海も岩も雲ひとつない真っ青な空も全部独り占めの風景だ。同時に私は、ただ波の音しかない世界、崖に囲まれたこの場所を、遠い太古の土地のようだと思う。砂や貝殻の破片をもてあそぶ、苦くて塩辛い水のせいもあるかもしれない。「この世に生まれる前、きっとみんなこんな場所にいたんだな」という不思議な実感が寄せてくるのだ。母の暗い胎内にたどり着く以前、未分化のままの世界で、ミジンコのように浮かんでいた遠い記憶。そんな記憶の果ての果てに、ほんとうの故郷はあるのかもしれなかった。

深みに足を取られないように、岩棚で膝や手足を切らないように、慎重にゆっくりと体を反転させる。けだるかった体が波に持ち上げられて嘘のように軽い。いくらでも浮かんでいられた。ああ、浮力だけでひとは生きていける。力をいれなくても、ただじっとしていればどこかに運ばれて行くのだ。

半島へ、半島へ。

私は仕事の時間のやりくりをして、東京から身を引きはがすようにして通い続けた。数日滞在しては、眠りと労働で満ち足りた体を抱え、また東京に戻っていた。東京が仕事の拠点だったから、古い友人たちがいたから、あるいはいくつものしがらみが解けないままあったからという理由から東京を離れられないまま生きてきた。

けれどもそれは、言い訳にすぎなかったのではないか。男と愛知県の田舎を捨てるとき、私は捨てるもののあることとの快感に驚いていた。こんなにたやすく軽々と成就するものがあるなんて、とも思っていた。そのたやすさと身軽さを、いつ失ったのか。ひとりで歯ぎしりして、疲れて、力をこめて、私は巨大な柱と壁である東京にしがみついていた。年月のなかで培ってきたものを手放せば、生きられないとも思っていた。けれどもいまはどうだろう。えぐれた湾の、穏やかな波に体を浮かべて、どっちに行ってもいいと思っている。潮の浮力にまかせて、このままじっとしていたいと思っている。

同時に私はわかっていた。自分がこの大きな海の前では途方もなく無力であること、両腕で水をかいて向かう先が、白い波をうねらせている広大な外海ではなく、熱を吸って静まっている白い砂浜であること、そして夜は、森のなかにあるあの小さな小屋にもぐりこんで、こんこんと眠るだろうことを。

わかりながら私は、いまこの瞬間のすばらしい浮力を逃したくなかった。瞼にちらつく太陽の、無数の光の散乱を浴び続けていたかった。夕刻の循環バスが来るまで。今日一日のためにしっかりと塩を効かせてきた握り飯を食べ終わるまで。私はここでひとりで、まったき自由なのだから。この自由、この浮力、だれひとりいない浜の静けさを、あと少しだけ味わっていたかった。

森や散歩道のあちこちで、ススキが真っ白な穂を出していた。松やウバメガシ、杉などの濃い常緑樹の中で、ススキの白い穂ははんなりと優しい。二十四節気の暦を見ると、ススキの開花で一番早いのが金沢だそうだ。それから仙台、松本へと移り、東京では九月の頭になっている。桜前線は南から上昇し、ススキは北のほうからゆっくりと降りてくるのだった。

ススキの花は少しずつ開き、風が吹くたびに白い穂先がなびいた。こぼれ種のコスモスが望月さんの家の庭から押し寄せてきて、庭はまるで原野のようだ。

ススキやコスモスの群舞にみとれているうちに秋分が来て、集落周辺の路端にも真っ赤な彼岸花が咲き始めた。群生する赤い花はまるで野火のように広がり、あっと気づくと国道沿いにもスーパーマーケットの駐車場のアスファルトの隙間からも顔を出していた。アルカロイドを持つ根の赤い赤い行進である。

ススキとともに、庭で盛んに秋を主張しているのはハギだ。運ばれてきた種が根づいたのか、枝垂れた茎に薄い紫色の花をいっぱいつけている。そのハギの周囲を、ぶんぶんとまだみつばちが飛んでいる。ハギもまたみつばちたちの秋の蜜源なのだ。

月が美しい夜が続いていた。

毎日、私は地方紙の片隅にある「今日の気象」「明日の暦」を真っ先に眺め、その日の天気や気温、明日の夜の月の出を確かめる。東京では滅多に目に止まらない片隅の記事が、ここでは生活のメリハリにつながる大切な情報となっていた。

月齢の表記に加えて、月の満ち欠けを示す図も出ている。正円に描かれた黒い部分と白い部分が、日々の月の顔を伝えてくる。正円が真っ白なときは満月、真っ黒なときは闇夜だ。紙面の片隅に名古屋標準時間、鳥羽標準時間と二種類が出ているのも毎日のこと。比べてみると鳥羽の月の出は名古屋より二分遅い。何気なく暮らしているはずなのに、月は音も気配もなく、わずかなズレを伴ってそれぞれの土地に訪れているのだった。

「明日の暦」と同じように、つい毎日眺めてしまう小さな記事があった。「遠洋漁船便り」という欄だった。尾鷲、引本、長島、浜島など県内には九ヵ所の大きな漁港があり、カツオ船やマグロ船が南洋に出ていく。それらの漁船から現在地や操業の様子などが日々無線で伝えられ、内容を簡潔にまとめたものが新聞に載る。記事を読むと、世界のさまざまな海に三重県の漁船がちらばっていることがわかる。

【尾鷲】という項は、尾鷲港から出ていった船の消息。豊栄丸「北緯12西経１４７コース調査中ナギよし水温27・3」とあり、慶太丸「鳥群れ追尾のみ調査中水温27・１」とある。【三木浦】という漁港から出た福寿丸は「カヤオ入港中」だ。なかには「クリストバル入港中」の船もあり、これらは地図を調べてみるとペルー、パナマの海域だった。マグロ、カツオを追って何ヵ月も戻らない夫や父親、兄弟、息子がいまどこでなにをしているのか、漁港の町で待つ家族はこの記事から消息を知るのだろう。目立たない欄に、海で生きる人々の息遣いがひしめいていた。

　毎日の記事を刻々と追っていけば、船がどのような軌跡を描いてマグロやカツオを追っているのか、漁には縁のない私にもわかる。春先にクリストバルにいた船が、相変わらず秋になってもその海域にいるのを知ると、数ヵ月どころか半年以上同じ場所で粘っているのだろう。【長島】の新栄丸は、「入れず北寄りに」と伝えているが、「入れず」とはどういう意味だろう。寄港するはずの港に入れなくて北に移動したということか。遠いところから届く謎めいた短い文が、毎朝、私の目をくぎづけにした。

　秋の突き抜けるような青空が広がる朝、記事を見ていると、南洋で魚を追う狩猟者（魚捕りもまた狩のひとつだと私は思う）の気分が乗り移ってくる。早速台所のシンク下からポリ袋を出してポケットに突っこみ、背中には空っぽのリュックを背負う。

私の狩は森と野原だ。この時期、樹木や家々の生け垣などに絡みついている蔓を辿れば地中には長く伸びた山芋が。熊手とコテで慎重に掘る。シャシャンボの実の熟したものは、散歩の途中のおやつ。たくさん採れれば果実酒やジャムを作る。

一日、だれとも話さなくても、森や野には囁きがあふれている。すべて、野のものが放つ声だった。歩調は少しずつ大股になった。

庭と森を行き来する猫もまた、東京とは違った歩調で歩く。

この猫が来たのは、二十年生きて死んだ最初の猫の不在にようやく慣れたころだった。「子猫の野良だけど、里親だれかいないでしょうか」と相談を受けたのが出会いだった。どんな猫なのか試しに見に行くと、痩せっぽっちのあどけない顔をしたキジ猫だった。ノミ取りの薬、麦の穂みたいな形の玩具、獣医師が書いた「オス一歳、去勢済み」「ワクチン接種済み」「猫エイズ陰性」という証明書が用意してあった。誕生日の欄には一月一日と書きこまれている。

「元日生まれなんて、めでたい猫」。言いながら「きみ、うちの子になる？」と尋ねてみると、猫はすっと近づいてきて、朗らかな声でニャアと鳴いた。

その日から猫は私の相棒になった。なんという闊達ないたずらの数々。呼び声を無視していると、パソコンのある机に飛び乗り、マウスをパシッとはたいては打ちこんだばかりの文章を消してしまう。キッチンのテーブルに載せたコップはすぐにひっくり返されるし、ひょいと机の上に置いた髪留めは格好の玩具、部屋中を転がして遊ぶから、いつだって行方不明だ。留守電のボタンの上に乗って、設定してある伝言メッセージを解除、自分の鳴き声を入れるのも得意技だ。それも飼い主の留守を狙ってのいたずらだから、私はいつも友人からの苦情を受けてびっくりする。

「あなたんとこの留守電、ほら、ただいま留守にしていますってやつだけど、どうして猫の鳴き声になっているわけ？　びっくりして、伝言入れるの忘れちゃった」

確かめてみると、セットしたはずの留守メッセージは消え、けたたましく鳴く猫の声が入っている。ミャーア、ミャーア、ミャーオン、ただいま飼い主はいません、いませんったらいませんよ。おいらただいま、留守番中。

日々したい放題させているのは、軽い罪悪感を持っているからだった。元は自由に外を歩いていた野良だったのに、毎日毎日、部屋に閉じこめっ放し。こんな暮らし、つまらないだろうなと思っていた。窓から外を見ているときの後ろ姿は、いつだって「外に出たいよオーラ」を放っている。

そんな猫だから、半島への旅の伴侶となった途端、嬉々として野生に戻った。いったん外に出たら、もう呼び戻すのは不可能だった。庭で目が合っても知らんぷり。「そこでなにしているのさ」と声を掛けた途端、すっと姿を消してしまう。意気揚々と戻ってくるのは、野ネズミやバッタなど獲物をしとめたときか、空腹になったとき、眠ると決めた夜七時。あとはどこでなにをしているのか、一日中、姿を見かけないこともある。

ただ、猫が森を気に入っていることだけはわかった。いつだったか、そっとあとをつけてみたら、太い杉の木にしがみつき、夢中で爪研ぎをしていた。耳をピンと立て、後ろの二本肢で立っていた。倒木の上に腹ばいになって、無心に裂け目を覗きこんでいたこともある。

今日も散歩の帰り、庭で猫とすれ違う。行きたい場所があるのか、ずいぶんそわそわしていた。名前を呼んで「どこ行くの?」と聞いてみたが、まぶしそうな顔をしただけで横を向いた。

しっぽを立てて、悠々と森のほうへ歩いていく猫は、パソコンのマウスにも玩具にも興味を失い、いつのまにか狩猟する猫に変身している。顔つきだって、茫洋とした丸い顔から尖った顔に変化した。

夜は、真綿のようにくたんとなった。その熟睡の深さにいつも驚く。前脚の中に埋めた顔を覗きこむ私の息が、長い髭をそよがせるが、目を開くでも身じろぎをするわけでもない。そのつど、私の胸には甘やかな安堵が広がった。今日も無事に戻ってきた。怪我もなく、森の生き物に襲われることもなく帰ってきた。眠り続ける猫の体から、野生返りを楽しんでいるらしい様子が伝わってくる。

眺めていると、足しても引いても余りのないゼロのような充足が広がる。その幸福感を伝えたくて、ときどき私は猫の腹に顔を埋める。心臓の音を聞く。ぬくみを感じながらそっと耳を噛んでやる。耳を噛まれた猫は、ざらりと私の指を舐め返す。別れた男たちとの関係にはなかった、新しい交友。それが日ごと、濃密になっていく。

夜、懐中電灯を持って沼に降りて行く。重なり合った梢の中空をちょうど月が通り過ぎる。月齢14・2。美しい金色の月だ。暗いので沼のなかの舟の舳先まで降りるのはあきらめて、しばらくぼうと「ユキオさんの橋」から見上げていた。空は透き通った群青色。黒々とした地面からはコオロギ、鈴虫、キリギリスなどに混じり、ジージーと同じリズムで鳴く虫の声が湧いている。

私は自分に問いかける。

――東京で、月の夜、こんなふうに懐中電灯をもって虫の音を聞いたことある？　――

――ないわ――

――どう感想は？　――

――にぎやかなホールにいるみたいよ。なんにしろ、ここの夜は素敵ね――

――でも、少しずつ貧乏になっている。それについてはどう？　――

――そうね。問題だと思う――

――大問題だと言いなさい――

大問題を解決するため、私は小屋に戻ってパソコンを開く。いくつかの仕事がたまっていた。ここで生活するための大切な仕事。とはいえ正直、げんなりしていた。すぐにやってくる眠さを克服する方法が見つからないのだ。今夜も私は、中途半端に仕事をして、百二十パーセントの完璧な眠りをむさぼるだろう。いつもこれが逆だったらいいのにと思うが、体はいつだって眠りのほうが大好きなのだ。

◎カリフォルニアに住む翻訳家のKからブログ更新を知らせるメール。返信メールを打つも、彼女の夫の名前が思い出せない。クリス？　マイケル？　東京にいるときは覚えていたのに、どんどんいろんなことを忘れていく
◎Sさんの三回忌の集まりに断りの葉書
◎次に買うもの。移植用のコテ、軍手、マヨネーズ、オリーブ油、トイレットペーパー、ティッシュペーパー、洗濯ばさみ、切手

10

どんな出来事も、カルマによって支配されているというのはほんとうだろうか。隠されていたことは、潮の満ち引きに似たカルマの法則によって、ある日、この世の岸に打ち寄せられる。私はその法則を知らないが、古い言葉なら知っていた。「因果はめぐる小車」というあれだ。きちんと生きているものはこの世の恩恵を受けられるが、生きないものは別のものに生まれ変わって苦難の道を歩むという脅迫めいた箴言。

カルマのお告げの主は「まこも商店」のおばあさんだった。

私がいざというときに駆けこむ小さな雑貨屋は、東側に広がる在の人々の集落にあった。野菜や肉などの生ものは置いていないが、宅配便の取扱店になっていた。切手も置いているから東京の知人や母の家へ荷物を送るときや切手を切らしたとき、しばしば立ち寄るなじみの店だ。

その日、私は友人のカメラマンから頼まれていたフォトストーリーの原稿を仕上げたばかりだった。「なんでもいいんだよ。適当に文章つけてくれないか」というのが友人の依頼だった。久方ぶりの仕事がまいこんだというわけだった。

送られてきた写真と「適当に」つけた文章をプリントアウトしたものを茶色の事務封筒に入れ、自転車で「まこも商店」へと向かう。いつも店先にいる中年の女主人の代わりに、母屋にいるはずのおばあさんが店番をしていた。

おばあさんに会うのはひさしぶりだった。半島に通うようになったころ、店番はいつもおばあさんの役目。店に立ち寄ると、「昔はなぁ」とこのあたりの古い慣習や海に神輿を出す祭のこと、かつて町議をしていたという夫の話を聞かされた。ときには買ったものに加え、「おまけや」と飴やせんべいをひとつふたつポリ袋に入れてくれた。話好きのおばあさんが店から消えたのは、膝に水がたまるようになってからだ。以来、顔を合わせる機会もなくなっていた。

後ろでお団子にした引っ詰めの髪に、灰色のジャージの上下を着ていた。足元は白いスニーカー。割烹着が似合いそうなおばあさんの、ジャージ姿とスニーカーがどことなくちぐはぐでおかしい。

おばあさんは私のことを覚えていたらしく、皺だらけの顔に親しげな笑いを浮かべて言った。

「なんや、あんた来とったのかね。いつ来たんかね」

「もう長くいるんです。来たのは半年以上前」

「へ、そうかい。いっぺんも会わんかったなぁ」

「ほんとうに。膝の具合はどうですか？」

「あかん、あかん。でも今日は特別サービスや。嫁がちょいと遠くに用足しに出とるからな。久しぶりに店番したろ思うて」

女主人の手際のよさに比べたら、おばあさんの手元はじれったくなるほどゆっくりだった。私が書きこんだ宅配便の送り状をためつすがめつ眺めては、書類を入れた大型封筒と料金表を何度も見比べている。私はコンクリートの土間に置かれたビニール張りの丸椅子に腰を下ろし、料金を確かめるおばあさんを気長に待った。店内の棚には乾燥麵、食用油、砂糖、卵、トイレットペーパーなどがずらりと並んでいる。サッシ窓の向こうには手入れの行き届いた広い庭が見えた。

ようやくお金を払い終えると、おばあさんが言った。

「あんたんち、この先の森に近かったなぁ」

「ええ、湿地の上にある細長い二階建ての……」

「ああ、そうやった。あの先のほうに斜面のきつい森があるやろ。ごみの場所。あんた、知っとるかいね？」

おばあさんの口調はどことなく意味深だった。しばらく考えたあと、「あれって、あの、不法投棄事件の?」と私は言った。

あるいは「白骨のこと?」とか「死体のこと?」と言うべきかもしれなかったが、おばあさんの話はそれとは違っているかもしれない。つい口に出すのがはばかられた。

「そや、それ。気の毒やとは思うけど、でもな、あれでよかったんかもしれんな。旦那さんと子どものもとに帰ったんやから」

なんの話だろう。私はぽかんとした。一度現場を見に行ったけれどあれから佳世子さんも橘さんも川原さんも、事件のことを口にしない。わざわざ見に行った自分の軽薄さ、愚かさを私は忘れていない。あれはもう終わった話なのだ。死者には触れるな。そう思っていた。

「旦那さんと子ども?　……。それって、女だったってことですか?」

「そうや、女や。女よぉ。着とった服からそれは最初からわかっとったらしい」とおばあさんはやけに力をこめて言った。

「え‼」と思う。

一度も女を想像しなかったのはどういうわけか。暗い森のなか、しかもマムシの巣。私の貧しい頭には、死体は男という根拠のないイメージがいつの間にかでき上がっていた。

だれもやってこない午後、退屈していたのかおばあさんは言った。

「病死らしいよ。戻りたかったんやなぁ。私はそう思う」

「はあ?」

いきなりしっぽのほうから話が始まったようで、頭の部分が見えなかった。こちらの戸惑いを無視しておばあさんは続けた。

「そやなぁ、もうだいぶ前のことや。あんたは知らんやろが、あの森の先に、廃業した養殖業者の小屋があったんよ。いまは小屋もないからわからんかもしれんが、ほら、湾を見渡せる名前もなんもない浜」

「ああ、向かい側の岬のホテルやリゾート地が見える……」

このあたりの道は、どこを降りても切れこんだ浜や入り江に出る。無数の入り江、また入り江。リアス海岸は、無名の似通った形の浜の連なりでもあった。それぞれの入り江や浜の形が頭に入るのは時間を経てのことで、土地になじみができるまでは同じところをぐるぐる回っている錯覚に陥る。私も何度か、自分がどこにいるのかわからなくなったことがある。佳世子さんに連れられていった森もその迷い道のひとつ、抜ければ小さな浜に出る。その浜のことをおばあさんは言っていた。

どうやら話は長くなりそうだ。私は一度浮かせかけた腰をまた丸椅子に下ろし、耳をそばだてる。

それはこの半島の奥まった場所に埋もれ、忘れられた物語。一組の夫婦とひとりの子どもの短い幸福の物語だった。

記憶は、四十年ほど前にさかのぼるらしい。おばあさんの視線は、話すほどに遠いところに運ばれていくように見えた。

あちこちに飛ぶ話をつなげてみると、ある部分は無惨だが、別の解釈をすれば幸福な物語といってもいいかもしれない。だからおばあさんの口調で書き記そう。そのほうが生々しさが薄れるからだ。

――あんた知っとるかな。昔この半島は、真珠の養殖に加え、向こうの岬のリゾート施設を舞台にした日本初っちゅう音楽祭典「ポピュラーソングコンテスト」で知られていたんよ。そうさ、ちょうど高度成長期の真っ最中のころやったね、格式のあるゴルフ場がいくつもあったから、全国から若者やゴルフ客が続々とやってきた。テレビのコマーシャルでよく見る大企業の保養所や、民宿、プチペンションがたくさんできた。その喫茶店ができたのも当時の勢いに乗ってのことやったね。

名古屋からやってきたというまだ若い夫婦で、そやなぁ、ふたりとも三十代やったと思う。あの浜の廃業した真珠養殖業者のプレハブ小屋を借り、自宅兼店舗にしたんよ。浜は静かで、短い桟橋がついとって、目の前の青い湾と、対岸まで続く崖との釣り合いがなんともいえんのよ。けどな、その地は、どう見ても客商売に適しておらんかったね。景色はきれいやが、向こう岸の観光地に比べると、客もろくに来ないへんぴな場所だもの。だから、最初はみんな呆れていたよ。

〝あんな、なんもないところで商売が成り立つもんかいね〟

〝どういう料簡やろね。もの好きなひとたちや〟と言い合った。

でもな、しばらくするとその喫茶店、土地のもんに評判になって、客が少しずつ集まるようになってな。なかには口コミで対岸から船に乗ってやってくる養殖業者もいたな。奥さんはケーキ作りが得意で、旦那さんはドリップで丁寧にコーヒーを入れとった。その味が評判になったんやわ。そのうちにコーヒーやケーキだけやなく、この土地の食材を使った洋風の家庭料理を出すようになったんよ。

ホタテのクリーム煮やアサリの雑炊、アオサと豆腐のがんもどきにカレーソースを添えたやつや、魚をチーズで焼いたもん。それくらいしか覚えとらんが、いろんな料理を出しとった。そういえばもう何年も、洋食食べておらんなぁ。

子どもは小学校四、五年の男の子がひとりおった。都会から来た子らしく、色白でやけに品よく見えるのが女の子に人気やったそうや。

えらい働き者の夫婦でな。古ぼけた小屋を時間と手間をかけて補修、そのうちに窓には、ほら外国の国旗、イタリアとかフランスの縞模様、あれに似た緑、赤、白の日よけテントが張られた。壁には、木の板が張り巡らされてな。桟橋の板もしっかりとしたものに替わり、そう、青色のペンキが塗ってあったな。忘れられんのはカウンターやね。細いのやむっくりしたの、いろんなグラスがずらっと並んで、そりゃ珍しかったよ。何度か食べに行ったが、一番見ほれたんはそのカウンターと浜の風景やった。周辺の樹木を切って、手製のベンチとテーブルが置いてあってな。そのテーブルで湾を見ながら食べるんよ。夕陽がきれいで、金額もそこそこ。チーズを食べたのは、そのときが初めてだったな。なにせ私ら、海のものばっかり食べていたもんやから。

夏にはその喫茶店から、ホテルが打ち上げる花火が真正面に見えて絶好の場所。にぎやかな音楽も聞えたけど、それが「ポピュラーソングコンテスト」だった。なんでもたくさんの新人歌手さんがそのコンテストからデビューしたそうや。

そこまではええんやけど、そのひとたちの子どもな……海で溺れたんやわ。灯台のある岬があるやろ。あのあたりで……。なんでひとりで行ったんやろな。外海は波が荒いんや。おまけに岩礁だらけ。黒潮もやってくる。潮に足をとられたんやろか。見つかったのは三日ほどあとのことで、少し離れた浜のテトラポッドにひっかかってたそうや。

その先のことは私もよう知らん。噂によれば、旦那さんが病気になって、まもなく死んだ。それから奥さんも消えたんよ。どこ行ったんか、一時は名古屋に帰ったという話も聞いたが……。しばらくはPTAの母親仲間と手紙のやりとりがあったそうやけど、それも自然になくなってな。そのうちにみんなその店のこと忘れてしもうた。……なんであの白骨死体がそのひとやと分かったかって？　たまたま町の幼稚園長がいてな。ひょっとしたら、栈橋のある入り江に住んでいた喫茶店のあのひとやないの？　って言い出したんやて。その園長さんな、海で死んだ子どもと同い年の息子がいて、ＰＴＡ仲間のひとりやったんや。なんでもっと早く思い出せんかったんやって思ったが、女が消えてから四十年もたっとる。確信がなかったんやろな。

私な、ついこないだ老人会の一泊旅行に行って、いま話したこと聞いたんやわ。老人会の仲間の一人に土地の警察署に勤めとる息子を持つひとがいて、やっぱりその女やった、病死やったって鑑定結果をこっそり教えてくれたんよ。もう、びっくりしたわ。でも、どうしてもその女の顔が思い出せん。髪が茶色で色白やったことだけはなんとなく覚えとるが……目鼻がどうしてもな、浮かんでこんの。みんなで言い合った。あの喫茶店、どんな店やったかいね、旦那さんの葬式、子どもの葬式、どこでやったか覚えとるかねと言い合った。でもみんなてんでばらばらで。へえ、そんなとこに喫茶店あったかいねっていうひともおって。当時通ったもんはもうあの世に行ったし。……私な、その話聞いたときすぐに思った。あんなとこで見つかったんは、最後はここにしよ、そういうことなんじゃないかって。他に理由がないじゃないの。きっと、そうやよ。だれにもこんなこと言わんかったが、立派やなぁと思った。感心したよ——

ときどき息継ぎをしつつ、遠くをまさぐる目をしつつ、おばあさんはのったりのったり、柔らかな口調で話し続けた。

「それにしてもなぁ。あのごみは無惨やなぁ。捕まったんは自業自得や」

家族が半島に来たのが三十代、それから四十年の歳月がたったことを思うと、女はとうに七十代になっていただろう。どんな人生を過ごし、どんな決意で森に入っていったのか。まだ大量のごみはなかったとしても、じめついた森の暗がりは、さぞ恐ろしかっただろう。それとも、恐怖の感情が失われるほど女は病んでいたということか。

おばあさんの話の向こうに、淡い人影が通り過ぎる。顔はもとよりわからない。けれども森に向かう女の張りつめた背中がぼんやりと浮かんでくる。無心と放心と覚悟とが一緒くたになって全身に貼りついている。富士山の麓の青木ケ原の樹海をさまようひとも、似たような姿をしているのだろうか。覚悟さえあれば、どんなに怖くても、ついにここが終わりと察する場所にたどりつくのか。女にとって、森に捨てられた車は、格好の場所だったのかもしれない。いずれにしても、私の想像は貧しかった。なぜ、どんなふうにと問うても、答えのない暗がりが広がるだけだ。

同時に、おぞましく薄気味悪いものと思っていた白骨死体が、宙に浮かぶ真っ白なユリの花のように、聖性を帯びたものへと変化していく。女だった、ただそれだけのことで。

佳世子さんや橘さん、倉田さん、川原さんが、この話を知らないわけは後になってわかった。だれも土地の老人会の旅行に参加したことがなかったし、警察や町議の縁者などとも知り合いではない。話は古くから住む人々の地区だけにとどまっていたからだ。土地出身者である洋司さんの耳に入らなかったことだけが不思議でならないが、佳世子さんは複雑な顔をして言ったものだ。

「だれもかれもがおしゃべりってわけじゃないわよ。洋司さんが知らないことだって山ほどある。だって、私たち、よそものだもの。私なんか、東京の出身だし、洋司さんも一度ここを離れているしさ。ほら、いつだったか、いいことばっかりじゃないって言ったことがあるでしょ。でも、悪気があるわけじゃないの。在っていう言葉、神聖な場のことというらしいけど、そもそも『ある』っていう意味でしょ。三代くらい居続けないと土地のことはわからないっていう共同体意識が在にはあるの。それが細やかな気遣いになるの。人間関係の奥が深くて濃密なのよ。私としては、その話をあなたが聞きこんだっていう、そっちのほうにびっくりした。まこも商店のおばあさんと知りあいだったなんて、夢にも思わなかったし」

理由はもうひとつあった。佳世子さんを含め橘さん、倉田さんなど近くの住人は、みんな車を飛ばして駅近辺の大型スーパーへ買い物に行く。宅配便は集配センターに直接持ちこむし（そのほうがいくらか安いうえ、遅くまで受けつけてくれる）、郵便物も収集時間の限られたポストを使うより、駅前の本局へ届けたほうが相手方に早くつく。調味料だの宅配便だの切手だのと、「まこも商店」をひいきにしているのは、車を持たない私だけだ。あの日、たまたま話し好きのおばあさんが店番をしていなかったら、私だって事の顛末を知ることはなかっただろう。純よそものの私にとってそれは、信じがたい奇跡だったのだ。

その夜、「ユキオさんの橋」から秋の月を眺める私の耳に、入り江の果てから届くどよめきが聞えてきた。四十年近く前のいくつかの夜が、ふいに生き生きと甦ってきたのだ。田んぼが広がる生家で、二十代になったばかりの私は、しょっちゅう深夜ラジオを聴いていた。流れ出る音楽のなかに、おばあさんが記憶していた「ポピュラーソングコンテスト」からデビューした歌手の歌も流れていた。モップスも中島みゆきも松崎しげるも、井上陽水（なぜか、彼の歌う「紙飛行機」をくっきりと思い出せた）もこの音楽祭典の同窓生のはず。ラジオから流れる若い彼らの声を聞いた私も、間接的な同窓生だ。入り江の家族もあの時代、あの夏の同窓生だった。静かな入り江から幻となって渡ってくる会場の歓声、スピーカーの雑音、番組を仕切るパーソナリティーの弾む声が、脈絡もなく私の脳裏を撫でて行った。

頭のなかには晴れやかな音楽が響いているのに、あたりはしんと静かだった。頭上の月は、冴え冴えと明るい。日々少しずつ痩せて行く月の弓形のラインに、失われた時間がくっきりと刻印される。月は闇夜からまた満ちていくが、人間の時間は、こぼれていく砂のようだ。パテで穴をふさぐようなわけにはいかないのだ。

女に長い年月が流れたように、私にも無数のクレーターで覆われた年月が通り過ぎた。この先もするすると年月は続き、いつかは闇夜のようなクレーターに永遠にはまりこむ日が来るだろう。一日一日、半島にいる喜びはあっても、無限の場所に近づいていることに変わりはなかった。私はどこで死ぬのか。どんな形で最後を迎えるのか。ここと決めた場所ははたして現れるのか。きっと死ぬまで繰り返し同じことを思いながら生きていくのだろう。

死者に触れるな。

言い聞かせつつ、つい見知らぬ女のことを思うのは、そこに遠い自分を重ねてしまうからだろう。なにが女を突き動かしたか、なにひとつわからないくせに、おばあさんが「戻りたかったんやろ」「立派や」と口走った言葉を否定する気にはなれなかった。ひとは自分が死にたい場所で死ぬ権利があり、記憶にある〝帰りたい場所〟に帰る権利がある。病院のベッドはいや。それなのにそんなささやかな願いもかなえられない時代になってしまった。最後の帰属や自由はいったいどこにあるのか。せめて、延命装置も墓もいらないと言い募ることが自分の自由を守ることになるのか。それだってかなえられるかどうかはわからない。ひとりを引き受けるということはなんと難しいことだろう。

——霜降《そうこう》。札幌で初霜の降りる季節。冬の気配。春咲き球根の植えつけ適期。イチゴの植えつけ。サツマイモの収穫。etc.——

そしてこの晩秋、集落に聞きなれない音が響いた。遠いところでブルドーザーや電気ノコギリが動いている。後にわかったたが、新しい住人が住まいを整える音だったのだ。私たちの集落に近い、入り江の崖の上だった。

◎野生の栗、盛んに落ちる。道路に落ちたイガイガを拾って歩く
◎庭の野菊が盛り
◎母、風邪の咳ひどいと弟より電話あり。バスで町に出て、スーパーで見つけたスッポンのスープを送る

11

雨もよいの日が続いた。その雨が上がったあと、私は散歩に出て驚いてしまう。杉や松、ヤシャブシの枯れ葉の積もる濃い土色の地面に、さまざまな色、形のキノコが顔を出していた。赤いとんがり帽子、あざやかな黄色の大きな傘、子どものペニスみたいな形の真っ白いもの、一ヵ所に何十本も群れているオレンジ色のキノコ。どれが毒キノコでどれが安全なものか一向にわからないが、一夜で現れた森の植物は、色彩が貧しくなった森をちゃめっけたっぷりに彩っていた。

松葉の下から頭をもたげているものもあるし、倒木に貼りついているのもある。明るい森陰を歩けば、シメジそっくりのものが顔を出していた。

倉田さんなら、食べられるキノコを知っているかもしれない。見かけたキノコのいくつかを笊に入れて訪ねてみると、おっかなびっくり倉田さんは言った。

「キノコのことなんか、私は知らんよ。どれも食えねぇんじゃないの」

　川原さんの奥さんに見せると、「あ、それ全部毒キノコ」とこちらもひと目で断言、「絶対に食べちゃだめ」と念を押された。

　毒キノコか食べられるキノコか、占うようにして歩く。日々キノコは足のある生き物のようにあっちに生え、こっちに生え、森の音楽隊のようににぎやかだ。

　そんな森で、私は見かけない女に会った。三つ編みの髪を肩の両側に垂らし、グレイの綿のズボンにピンクのセーター、ぞろりと長い黒のエプロンをつけていた。よく見るとエプロンのポケットには、ドングリや栗の実、赤いキノコが押しこんである。

「それ、食べちゃだめですよ。毒キノコかもしれないから」

　私は「どうも」と挨拶するついでに、ポケットのなかからのぞく赤いものを指さして言った。

「あ、やっぱり。でもあんまりきれいだったから」

　透き通るような声で女は言った。

「ははん」と私は思った。この秋、入り江の崖上にある古家が売れて、ころころとよく笑う女の声が聞えると橘さんが言っていた。

「もしかしたら、この先の高台の方?」。あてずっぽに言ってみると、

「あ、はい。そうです。クガです」

形のいいふっくらした口が笑った。玖珂という字を書くそうだ。

数週間前から、海べりのほうで工事の音がしていた。橘さんの家の前から高台に通じる道をしきりに車が行き来するのにも気づいていた。もともとは養殖業者が使っていた道に、一軒だけ廃屋のような家が建っていた。七、八年前まで京都のひとの持ち物だったのが、亡くなったあとは土地の不動産屋が管理していた。さして大きな家ではないが、敷地だけはたっぷりとあり、入り口の樹木の両側に立入り禁止を示す鎖が張り渡してあった。家を買ったのは四十代になったばかりの夫婦だと聞いていたが、その妻のほうなのだろう。

「キノコ、家でスケッチしようと思って」

少し息を継ぐようにして「うち、まだ壁になんにも飾りがないから。にわか画家なんです」と言った。

「もう、家はできたんですか?」

高台に向かう車は土を満載していることもあれば、木材や壁材が積んであることもある。しばしば電気ノコギリのうなりが聞えていた。

「ぼちぼちです。名古屋から通いながらだから」

いつだったか、ふらりと見に行くと、うっそうとしていた敷地の大木が業者によって伐採されているところだった。地を打つ烈しい音を立てて樹木が倒れる。そのつど枝が別の樹木を打ち、幹が裂かれる音がした。足の踏み場もない様子だったが、大きな樹木がなくなっていくにつれて古びた家が露になった。かなり傷んでいるのがわかる。黒いスレート葺きの屋根は灰色に色あせていたし、壁には蔦類が貼りついていた。ポーチは雑草で覆われ、庭の部分もサルトリイバラやセイタカアワダチソウに占領されていた。その家を少しずつ、週末に名古屋から通いながら手入れしているのだという。

「年内は夫が向こうで仕事をしているもんだから。一気にはできなくて」

夫は名古屋の学習塾の講師をしており、契約期間が終わるまでは正式な引っ越しができないという。ただ、週末ごとに来ては、草を抜いたり、屋根の修理をしたり、壁紙を張り替えたり、庭の土入れをする。それが楽しくて、数日前から自分だけこちらにいるようになった。「布団がまだないから、床に寝袋で寝ている」と玖珂さんは言った。

それからよく玖珂さんを見かけるようになった。散歩の途中、森の奥で会うこともあれば、朝早く、ベランダに出て見ると、きりっと冷えた空気の向こうに、軽々と森を横切って行く玖珂さんの姿を目にすることもある。玖珂さんはキノコや木の実を探しているらしく、前屈みになってしきりに地面を見ていた。

「玖珂さぁん」と大声で呼ぶと、「ハーイ」とこちらを見上げ手を振る。そんなとき、私はとりあえずカーディガンを羽織って下に行く。「この農道を行くと、あなたんちの家の下から続く小さな入り江に出るのよ」とか「引き潮の時間なら、養殖業者の桟橋まで、岸伝いに歩ける」とか教えるつもりだったが、もう玖珂さんはあたりの地形を頭に入れているらしく、森からふっと現れ、私しか通らなかった農道をすたすたと海のほうに降りて行く。とうに通い慣れたという感じだった。

長いエプロンだと裾が蔓草の刺に絡まったり、ヌスビトハギやオナモミなど母の言葉を借りれば「人恋しの実」が貼りつくことがわかったのだろう。このごろは、ジーンズか綿パン姿で、首にはきれいな色のスカーフかタオルを巻いている。手には大きなバケツ、なかに鎌や折畳みのノコギリが放りこんであるのがおかしかった。

「うちの庭だけで精いっぱいなのに、つい森の下草や雑木を刈りたくなっちゃうの。やめようと思ってもやめられない」

半島の家に通うようになったころ、外にばかり出て、取り憑かれたように草やひこばえを刈っていたことが思い出された。自宅の敷地だけではなく、つい他人の沼にまで手を伸ばし、アシやスゲ、ガマを退治していた。それと同じことを玖珂さんはしているのだった。

森を歩き回る女が、ここにもいる。夫は普段名古屋だ。その間彼女は自由らしい。私は玖珂さんを見かけるたびに家を出て、一緒に歩いた。

いつの間にか玖珂さんは「キノコ図鑑」を手に入れ、日ごと増えていくキノコをためつすがめつ図版と照らしあわせるようになった。「あ、これは〇〇じゃない?」「こっちのは

○ね」「見て、このキノコ、まるでUFO」と華やいだ声を上げるので、つい私も足元に屈みこみ、一緒に観察する羽目になる。道端でホコリタケを見つけたときは、ふたりで顔を見合わせた。
「腐ったボールかも」

近くに転がっていた竹の棒で突いてみると、ぱっと黒い胞子が飛び散った。「爆発！爆死だ」。思わず笑った。

菌類の菌という字をその一文字だけで「キノコ」と呼ぶと知ったのもこの秋だった。字解辞典には「菌＝温かく湿った場所に密生するもの」と書いてある。

キノコの菌は、ただ暗く湿気があるというだけでは繁殖しないのだ。木漏れ日のちらちらする腐葉土の下、ぬくもった寝袋が必要らしい。そう言うと、

「寝袋なんて。私みたい」と玖珂さんが笑う。

「まだ寝袋で寝ているの？」と尋ねると、さすがに朝晩寒くて、服や布団だけは名古屋から運びこんだと答えた。

並んで歩き、玖珂さんの家の前まで行くとたいてい汗びっしょりになる。それも、乾いた秋の空気に吸われすぐに引いていった。

玖珂宅を眺め渡すと、樹木はおおかた取り払われ、赤い山土がむき出しになっていた。家のほうもくすんだ外観は消え、外壁に山小屋風の板が打ちつけられている途中だった。

屋根のスレートはいつ塗り変えたのか、黒々と光っている。内部はどうなっているのか首を伸ばすと、玖珂さんは「見る?」と手招きし、玄関の戸を大きく開いた。

かつてこの家の持ち主だったひとは高齢の男性だった。私と似たようなもので、京都から年に何度か通っていた。いつごろだったか、偶然顔を合わせて立ち話をしたとき、胃を半分切ったばかりだと聞いた。小柄なひとだったが、さらに小柄になって「術後、食べ物の消化がうまくできないので、一日五回に分けて食事をするのが面倒だ」と言っていた。それから何年も顔を合わせないうちに、家が売りに出ていることを知った。

放置されたままの家は年々傷み、樹木だけが茂っていく。玖珂さんはその荒れた家と土地を買い、自分たちの力だけで修復しているのだった。

和室には新しい壁紙が貼られ「先週、やった部分」と玖珂さんは言った。「ここはいま、シートの貼り替え中」と案内されたのは下の入り江全体が見渡せる広いリビングだった。脚立や塗料の缶や板切れ、壁紙を巻いたものが床や壁面に立て掛けられ、室内には脳天がしびれるような接着剤のにおいがしていた。リビングからポーチ、ポーチから入り江まで遮るもののない視界だった。

「樹を切ったら、ずいっと借景。気持ちいいからつい、夜明けに起きちゃう。カーテンもまだないでしょ。海鳥の行き来まではっきり見える」と玖珂さんは、リビング続きの和室に置いてあった洗濯物をたたみながら言った。

その週末、再度高台に向かう車があった。足を延ばしてみると、黒いつなぎの服を着た大柄な男性が屋根に上って樋を直していた。大きな麦わら帽子が顔を隠していたが、玖珂さんの夫だということはすぐにわかった。そのころになるともう私は、妻が靖子という名前であること、夫は幸太郎、彼らがこの地に来ることにしたのは、幸太郎さんの父親が亡くなり、まとまったお金が遺産として入ったこと、働いていた学習塾が大手学習塾に統合されたのを機に、しばらく休みがほしくなったこと、加えて靖子さんの持病の喘息がここならよくなるかもしれないと期待しての移住だという事情をおおかた知るようになっていた。

「ずいぶん迷ったけど、決めてしまうと、妙にさっぱりしましてね」と幸太郎さんは言った。学習塾の仕事は移住後、この地でも探してみる。教えるのは好きだからとも言った。

高齢者ばかりの地域に、彼らの姿は思いがけず活気をもたらした。週末ごとになにかしら音がする玖珂さんの家を、私は橘さんの妻と連れ立って見に行き、川原さん夫婦も工事の進み具合が気になるのか、ふらりと顔を出す。

少し内陸部に入った私たちの集落より、真下に入り江が見える玖珂さんの家は、どこか人を誘う蠱惑的なものがあった。百八十度見渡せる視界や、海からの気流が心地いい。いつの間にか、玖珂さん夫婦がいるときは、材木が散らばった庭先にお茶のポットや手製のおやつを持って女同士集まるようになった。貼ったばかりの芝がいいにおいを放っている日もあったし、靖子さんが秋植えの薔薇苗や球根をどこに配置するか迷っているのを、あそこがいい、ここがいいと言い合う午後もあった。

少しずつ修復され、形を整えていく家の、内側から放たれる生気を楽しみながら、私たちは「そんな若さで隠遁なんて」とふたりをからかう。「隠遁じゃありませんよ。新世界への冒険ですよ」という幸太郎さんのむくれ声を聞かないふりをして「いいわねぇ、若い人は、ひょいと移動できて」と大仰にため息をつく。言いつつ、着々と形を整えていく家を歓迎しているのだった。

滅多に遠出しない私が、晩秋から年末にかけてしきりに半島を歩き回ったのは、幸太郎さんが「半島のあちこちを家探しで歩いたけど、ここが一番気に入った。向かいの岬のほうは、なんというか、僕には〝桜の園〟に見えましたね」と言ったからだ。

「〝桜の園〟ってチェーホフの？」と尋ねると、幸太郎さんは「そう、舞台が終わったあとの」と答え、「昔の栄華」と小さくつけ加えた。

「昔の栄華って？」

「時間があったら、ちょっと覗いてごらんなさいよ。あそこには絶対に亡霊がいますから。バブルの顔をしたやつがね」

亡霊がいる「昔の栄華」の場所をふいに見たくなり、私は天気のいい日を選んで、循環バスに乗り、入り江の真向かいの岬へと足を延ばした。

幸太郎さんの言葉にはそれなりの真実があったけれど、私が見た「昔の栄華」は「昔の映画」と言い換えたくなるようなのどかさに彩られていた。全国有数のリゾート地、リアスの土地だけあって、どこに立っても入り組んだ美しい海岸線が見えるがひとけはほとんどなかった。海を真下に眺望できる一帯には、南国風の観光ホテル、温泉を引いた保養施設、大企業の研修所がひしめいているがここもまたひっそりとしている。

幸太郎さんが「桜の園」と称したのはその一角、高度成長期に山を切り開いた高級別荘地のことらしかった。どの区画も五百坪以上はあるだろう。目をむくほど贅をこらした家々が並んでいた。しゃれた石を積み上げたカーポート、数寄屋造りのいかにも粋人好みの門、テラコッタの壁にオレンジ色の瓦を乗せたスペイン風の家もある。窓に豪勢なステンドグラスをはめこんだ暖炉つきの邸宅もあった。海べりの高い崖の上にぽつんと建つ山小屋風の家は、遠くから見ると印象派の絵のように美しかった。確かにバブル期を彷彿させる建物ばかり。

一方で、廃屋とわかる家屋が点在していた。時代の勢いにまかせて買ったものの持ち切れなくなったのか、代替わりになって親が過ごした場所を見向きもしなくなったのか、ひとの行き来が絶えた家は、明るい晩秋の光のなかで、行き場なく途方に暮れている。それらが「映画」のセットのように見えたのだ。

かつて数千万円した家が、いまは数百万円でも売れないという話も聞いた。疲弊した時代の実感は、幸太郎さんが「亡霊」と称した言葉によく表れていた。忘れられた家々は、色あせた屋根や草の茂ったポーチなどに、「悲」「衰」「哀」「孤」「寂」という文字をにじませていたからだ。かつては人声で華やぎ、優美だっただろうに、いまは痩せて皺だらけになった女優みたいだ。

皮肉なことにそんな家々が建つ湾のほとり、ことに高台から見る海はすばらしかった。真珠やホタテ、海苔の養殖筏を浮かべた真っ青な海面、人気のないプライベートビーチに寄せる白い泡立ち、褐色と白い層が交互に混じった崖の屹立、別の方角にはゴルフ場を彩る青やかな芝生や繊細な植えこみが目に飛びこんでくる。岬の一番先端には、地域の灯台のようにも見える超高級リゾートホテルが白い壁を光らせている。

この先も生き延びるだろうものと、生き延びられなかったものが絡み合い、もつれ、溶け合っている風景を私は飽かず眺めた。一方は裕福な観光客に支えられた成功が、一方は見限りと忘却が同居している。東京にも、住人がいなくなった団地や路地奥の家が無数にあるが、風景が美しい分、衰退は痛ましく見えた。

幸太郎さんが、半島への移住にあたって、岬の先端のリゾート地や高級別荘地を選ばなかったのは正しかったのかもしれない。開発が途中でとまった私たちの土地は、きらびやかな「栄華」から遠く、この先もきっと「栄華」とは無縁だろう。その代わり、移住者がこれまで蓄えたお金や年金を大切に使い、野菜を作ったり森で木の実をとったり、染色の仕事をしたり好きなことをし、見栄もなく、等身大で暮らせる気楽さがある。

みんなよそものだから家は一代限り。子をなしたひとも子は別の場所に住んでいる。血にもたれかからないからそれもまた気楽のうちだ。土地の奥まった時間や歴史、濃密な共同体に入れないよそもの感覚だって、気楽のうちに含めよう。ほじくり出される過去のしがらみもない。多かれ少なかれ、ここにきた人々は、なにかを捨ててきたのだ。

そう言ったら新世界を求める幸太郎さんは憤慨するかもしれないが、だれかがお腹を壊したら、そっと白粥と梅干しの一粒二粒を届けられる適度な共有感と距離感が心地よかった。

その秋から冬にかけて、間遠な工事の音とともに、玖珂さん夫婦の家は少しずつ生活の基礎を整えていった。樹木を切り払った斜面には、花壇と菜園、果樹園が作られた。家の内部はまだ「新世界への途上」だったが、ふすまも床も少しずつ新しいものに変わった。

幸太郎さんの仕事を手伝う合間に、靖子さんは頻繁に森に現れ、顔を合わせれば私たちは食べられるものを目を皿のようにして探し回った。運がよければ地面に転がっているアケビがおやつ、路上の落ち栗は渋皮煮になる。むかごが見つかれば新生姜を散らしたほこほこのむかごご飯を作った。土地のひとが見向きもしないものが、晩秋の野には豊かにあふれていた。

そのたびに私はため息をついた。流通のシステムがすっぽりと抜け落ちた野で、新鮮なものを見つけ、即食卓の上に並べられることのなんという贅沢。今日食べるものさえあればなんとかなる、明日もとりあえずだいじょうぶという、底抜けの楽観ほど贅沢なものはない。

そんな楽観が後押ししたのか、それとも食い意地の張った執念のたまものだったか。私は秋の贅沢のひとつを手に入れることができた。食べられるキノコをとうとう見つけたのだ。スドオシ。教えてくれたのは橘さんだった。

「みそ汁に入れるとめっぽううまい」

いつも横目で見ながら通り過ぎていた深い松林のなかに、それは褐色のぬらぬらした肌を見せて群生していた。

「こんな近くに？」

私は拍子抜けしてしまう。

松の落ち葉をかき分けて探すスドオシは、巨大化したナメコに似ていた。

「食べきれなかったら、乾燥させて保存しなさい。案外乾燥させたもののほうが、うま味が出ていいかもしれん。いかにも野生って感じで、好きだな僕は」と橘さんはおっとりと言った。

以来、私は何度も松林に行き、スドオシを採った。橘さんが言うようにみそ汁に入れるとほのかな香りが立ち、汁は甘く粘りをもつ。

庭にはツワブキの黄色い花が咲き、沼のほとりにはハゼの葉が真っ赤に色づいていた。私はもう庭の草取りに追われなくなり、手持ちぶさたを埋めるためたくさんのリースを作る。森で集めてきたアケビや藤の蔓を丸め、ドングリ、松ぼっくりのほか、サルトリイバラの赤い実を飾る。野の植物で作ったリースは、ろくに家具のない半島の小屋によく似あい、私はそのリースに、この春庭で見つけたヘビの抜け殻をそっと乗せる。

そのヘビを、私はよく知っていた。春になると水のぬくもった沼地をするすると滑っていく。マムシではなく、ほっそりとしたアオダイショウだ。相棒がいないのか、いつも一匹しか見かけない。

空き箱に入れて保存してあったヘビの抜け殻は、鱗のひとつひとつが透き通り、目の部分もすっきりと脱げていた。その完璧な抜け殻を、野のどこに戻したらいいのかずっと気になっていたのだ。蔓や木の実もまた野の抜け殻だとするなら、ヘビの抜け殻の落ち着き場所は、リースの上しかなかった。乾いた蔓や木の実の上で、私のヘビが眠る。壁のリースに巻きついてこちらを見下ろす半透明のヘビ。

——春咲き宿根草の株分け。アネモネ、チューリップなどの球根の植えつけ。樹木の剪定。夏咲きの花株へのお礼肥。etc.——

◎灯油ストーブを出す
◎高校時代の友人で華道教師のNさんに、サルトリイバラの枝とカラスウリを送る。このごろ野のものが高くて買えないとぼやいていた
◎フユイチゴ、熟し始める
◎花が終わったホトトギスを根元から剪定。ツワブキはいつまでも咲いている

夜は数日放り出してあった新聞をまとめて読む。久しぶりに「遠洋漁船便り」の欄を見ると、船は続々と近郊の港に戻っていた。カヤオやクリストバルの海にいた船が、【尾鷲】や【三木浦】に「帰港」とある。みんな無事に帰ってきたのだ。

立冬が過ぎ、キンモクセイの花の香りが消えると、森は黄色、赤、緑のグラデーションでにぎやかだ。イチョウの黄葉前線は札幌から長野、長野から福岡へとゆっくりと移動していた。

二十四節気の暦を見ずとも、季節の移ろいは空気と森の色にくっきりと現れていた。ああ、今朝は冷えたと思うと、紅葉の色は濃くなっていく。志摩半島は常緑樹が多い土地だ。それでもところどころに広葉樹があり、色づく葉が緑のなかでことさら映えるのだった。

12

ヘンリー・D・ソローは、彼がどこよりも愛した土地ウォールデンにいったいどうやって別れを告げたのだろう。曖昧な記憶の底から浮かんでくるのは、彼の「森の生活」の結びにあった「私には生きるためには、もっと別な生活をしなければいけないように思えた。だから、森の生活のためにのみ時間を割《さ》くことは出来なかった」という言葉だけだ。森から町へ……彼は決まりきった生活の踏襲から変化への旅を選んだのだ。そのために森を捨ててしまった。

ヘッセはどうだっただろう。ボーデン湖畔の家からスイス・ベルン郊外の家に引っ越すとき、これまで住んだ家とどんな別れをしたらいいのかわからなくて、彼は庭に逃げ出してしまった。愛らしいヘッセ。子どもみたいなヘッセ。

どちらが自分に近いかと言われたら、私は迷う。ヘッセのほうだと答えるかもしれないし、ソローのほうに近いと答えるかもしれない。しかし、彼らと異なるのは、私は自然主義者ではないし、物質主義を批判する告発者でもないということだ。私は二十一世紀の都会の夜の光が嫌いではないし、都市生活の便利さを享受してきた。一方で原始のにおいを漂わせた夜の森も好きだ。ウィンドーショッピングにはいつも胸が躍るし、森の生き物をながめることや海辺を歩くことにも誘惑される。つまり両方を楽しむことに慣れてしまい、二つの磁場からどうやっても離れることのできないことがわかっていた。

十二月も半ばになると、気温は一気に下がった。ある朝、ベランダの戸を開くと、地面が白くなっていた。驚いて眺め下ろすと薄い霜が降りていた。

近隣の家々には、菊の花がすがれながら咲いていた。小菊やスプレー菊、それにぽろぽろと花を落とす大房のヤツデ。

森に落ちる木漏れ日は秋には金色の筋を引いていたのに、いつしか青みを帯びた光に変わっていた。光の量が薄くなっているのだ。そのぶん、森は神秘的に見えた。あんなに色とりどりひしめいていたキノコも消え失せ、森は暗く陰鬱な影で包まれている。肌寒さに私は押し入れにしまいこんであった毛糸のマフラーや手袋を引っ張り出し、足元にはレッグウォーマーを巻く。

防寒用のパーカーを着こんで干潮時に下の入り江に降りてみると、子をつけた牡蠣がかさなりあい、へしあいながら岩場や防波堤に貼りついていた。ぎざぎざの殻は冬になると鋭く固くなって、その頑強な外殻から牡蠣が内側で充分に身を太らせているのがわかる。

かなづちを持っていき、突堤や筏の舫い綱に貼りついている牡蠣を軽く叩くと、簡単にはがれ落ちてくる。バケツに入れて持ち帰り、私は毎日のように牡蠣鍋、牡蠣フライ、牡蠣の佃煮、牡蠣のバター焼き、牡蠣グラタンを食べた。

「いくら食べても飽きない」と佳世子さんに言うと、「贈り物なんだから簡単に飽きないでね」と、私がこの土地からもらうたくさんの供物を大事にしているかどうか、確かめるような口調で言った。

わざわざかなづちを持っていかなくても、波打ち際に転がっている落ち牡蠣なら、干潮時にいけば無限に拾える。しばらく浜に通ううち、どの浜に行けばどの程度の牡蠣が拾えるかおおかたの見当がつくようになっていた。しきりに牡蠣を拾うのは倉田さんから黒砂糖と醬油で煮こんだ絶品の佃煮と、燻製のオイル漬けを教わったからだ。この地で作る最高の珍味。ときに私は浜で牡蠣を拾いながら、「これは盗みに類するものか、浜荒しか」と考えこむこともあったが、高価なアワビや伊勢エビをこっそり採りに行くわけではない。自然からのささやかなプレゼントだと思おう。食べ終わった牡蠣殻だって、細かく砕いて庭の肥料にする。粗末にしているわけじゃない、これでよしとしようと自分に言い聞かせた。

干潟は静かで、いつ行ってもひとの気配はなかった。代わりににぎやかなのは冬の渡り鳥だ。

鳥のことはほとんど知らない。庭にやってくる春のメジロ、ウグイス、ジョウビタキだけは見分けがついても、干潟に集まって餌をついばみ、飛び立つ水鳥の類となると、カモメとウ以外はどれもが同じに見えてしまう。

無数の鳥たちの足跡の残る干潟に長靴を載せると、海水を含んだ柔らかな土の弾力が即座に伝わってくる。冬の午後の干潟の泥は生暖かい。そのぬくもった泥の上を、小さな巻き貝がゆっくりと動いていく。豆粒みたいな子蟹がびっくり仰天、泥に潜りこむ姿を見ることもできた。干潮時の岩の上にはたいてい、流されてきたワカメやアラメが貼りついているから、牡蠣を入れたバケツに一緒に放り込んで持ち帰る。古いワカメやアラメでも風呂に入れれば、立派な海藻エステになるのだった。

夜になると灯油ストーブは赤く燃え、私はその正面に椅子を寄せてこれまでできなかった読書に邁進する。といっても、何冊かの本を段ボール箱から引っ張り出し、ただページをめくるだけだったけれど。

半島の静けさの中にいると、テレビがいかに野蛮でうっとうしいものであるかがよくわかる。好きな音楽を選んで聞くのとは違い、チャンネルボタンをいくら変えてみても流れているのは騒々しい番組ばかり。そんなときは、テレビを消し、ベランダに出る。

「寒月や鋸岩のあからさま」は蕪村だったか。冬月の鋭い光が放つミシミシという音が、樹木の枝先、石のひとつひとつから聞えるようだ。こんもりとした森の黒い影、玄関先の低い植えこみの枝の影、傾斜のある家の前の道路など、あたりには冴えた月光が放つ音なき音が満ちていた。車も人声もない世界の深閑とした深さに私は全身を預け、そこに吸いこまれていく耳の快感を味わう。

師走が間近に迫った暖かい午後、私は「越智養蜂」へと向かう。リュックには瓶詰めのフユイチゴのジャムが入れてある。ポインセチアの花そっくりの色をしたジャムは、ここ数日、台所に貼りついて作ったものだ。種が運ばれてきたのだろう、知らぬ間に繁殖し、冬の庭と沼を覆うようになった。

這性の根は案外しっかりしていて、抜いても抜いても増えて行く。それが夏には白い小さな花をつけ、冬になるとルビー色の実をびっしりとつける。直径数ミリの小さな実は蕚から外すのに難儀するが、根気よく集めれば鍋一杯になる。それを砂糖とレモン汁で煮詰めると、ボルドー色のジャムができる。

「今年も豊作」と私は言う。

「越智養蜂」の「蜜工場」にも大型の灯油ストーブが燃えていて、私たちは紅茶を飲みながらクラッカーの上にフユイチゴのジャムを載せ、口に運びながらとりとめのない話をする。

玖珂さん夫婦がこの年末から正月にかけての一週間を、ほぼ修復を終えた新しい家で過ごすこと、佳世子さんが作る雑煮が土地の丸餅を使ったものではなく、切り餅を入れた東京風のものであること、どこそこのだれだれが新しい耕耘機を買ったことや巨大なクロダイを釣り上げたこと、年末年始の食卓のためには港の朝市に買い出しにいくのが一番だということ。どれも他愛のない話だった。

冬の間の養蜂は、花のある時期に比べたらよほど暇らしい。ときどき巣箱を見に行き、蜂たちがきちんと栄養と暖を取っているかどうかを確かめる程度。あとは、古い巣箱の修理、春の蜜源のために植えた花の苗や種をまいた花壇に霜よけをする。だから「越智養蜂」に行くと、洋司さんも加わって長いのんびりとしたお茶になる。

「暇はいいなぁ」

「暇なのはあなただけ。家事に暇はないのよ」

「新しいトラック買うかな」

「どうぞご自由に。ただしお金は自分で工面してね」

「この間の旅でヘチマの黒焼を作っているひとを見たけど、あれはずいぶん効くらしいね」

「あ、話題を変えたわね」

「何に効くんですか」と私。

「痔」

私たちは笑いあう。笑いながらまた、はちみつ入りの紅茶をすする。

家に戻るとストーブを再度つけ、思い立って段ボール箱の底からCDを引っ張り出す。春のウグイス、セミ、夏虫、秋の虫の音がにぎやかなころは、生き物が奏でる音楽ばかりに気を取られていた。その耳がいつしか、別の音を求めていた。

久しぶりに聴くヘンデルやモーツァルトは、灯油ストーブの赤い炎のゆらぎに呼応し、思いがけず全身に染みた。同時に私はグレン・グールドの評伝「孤独のアリア」に目を落とす。CDと一緒に段ボール箱に放りこんできた一冊だ。余白が多い金子光晴の詩集に比べたら、文字がぎっしりと詰まっている。読み切れるかしらと思いつつ、だらだらと読んだ。

評伝を書いたミシェル・シュネデールによれば、グレン・グールドは北の国が好きだったそうだ。それは地理上の北国ではなく、心のなかの北国。寒さと、氷の下にある鉱脈を愛した。晩年の隠遁生活で、グールドは自分の心のなかの北国で黙想と瞑想の時間を過ごしたが、それはまた、性的なものの凍結であったともシュネデールは言っている。

なんと恐ろしい生、孤独な晩年だろう。

私も冬のりんとした冷気が嫌いではないが、灯油ストーブの光や、部屋に流れる音楽の温かさ、ひとと一緒に飲むお茶が好きだ。氷の下の鉱脈を探し当てるために孤独になるなんてごめんだし、年だからといって性的なものの凍結を考えたこともない。グールドの暮らしは「ここから先は禁止区域」ばかり。だれも住まない遠い宇宙の果て、鉱物と氷だけが地表をおおう未知のさびしい惑星での暮らしみたいだ。虫の音も鳥の声も響かない。外界を一切拒絶した場所で、ひとはほんとうに生きられるのだろうか。自分のなかに鳴り響く音楽だけが世界のすべて。そんなalone with the aloneにどうやったら耐えられるのだろう。

本に飽きると、バスで外洋の見える海岸に行った。真冬のリアス海岸は、おそろしく獰猛で野性的だった。空気が澄みきっているせいか、海岸線は夏よりもくっきりと陸と海の境界を際立たせていた。岩や崖は鋭く切り立ち、強い海風に耐えている。烈しい満ち引きや波しぶきは、どこかむつまじく親しげな戯れに興じているように見えた。一時もじっとしていない曲線たち。海は、冬でも官能的で大胆だった。まるで巧妙な舌や指、歯を持つサディストのようにも見える海!!

一方野や森は、すがれのなかにはっきりと、やがて来る春の芽を内包していた。

私は森のなかで、その行進を聞く。性的な凍結とは無縁の種たちの眠り、耐えつつ準備されている芽吹きの気配を聞く。なにもかもが動かないように見える真冬の静かな午後、家のなかではCDが、森や海岸では別の音楽がだらけきった私を包みこむ。

——大雪《たいせつ》。山陰地方で初雪が観測される。東京近辺は落ち葉の季節と初霜のころ。腐葉土作りにもっとも適した季節。クチナシの実の収穫。etc.——
——冬至。ユズの実の収穫。日本水仙が咲き始める。etc.——

◎ユズ湯。ユズは川原さんからのいただきもの
◎フユイチゴのジャムを再度作る
◎何年かぶりのタイの吸い物。タイは洋司さんが釣り上げたもの
◎郵便局に行き、年賀状を買う。数日年賀状書き

正月、私は二日間だけ母のところに行き、正月菜とかつおぶしだけを乗せたあっさりとした田舎風の雑煮を食べ、弟の妻が作ったおせち料理を食べた。私鉄沿線にある伊勢神宮に向かうひとでこみ合うかと思った車内は、逆方向のため往路はあっけないほど空いていた。帰りもまたこみ合うほどの客はなく、ほとんどが高齢者だ。

半島に戻ってからは、もう一切の予定はなかった。引き受けていたいくつかの仕事は年末に終わっているし、春に花を咲かせた球根類は土中で休眠している。蟹は冬眠しているのか、見かけることもなくなった。せわしなく行き交っているのは冬鳥だけだ。

夏には来客でにぎわっていた集落も、正月はだれも来なかった。倉田さんは例によって

年に二回の「家族サービス」のために不在。きっと今回も「あら、もう」というほど早く戻ってくるだろう。

この時期、橘さんの染め教室もお休み。ゴルフ好きの平岡さんも姿を見せない。望月さんの家は夏以来雨戸を閉ざしたまま。陽で暖まった無人の家のベランダをうちの猫が占領している。その猫も陽が翳ればさっさと退散し、押し入れのなかに潜りこむ。なにもかもが休眠期なのだ。

みつばちもいまは蜜を採りに行かないから、佳世子さんと私、私と靖子さん、ときには三人一緒でよく町に出た。半島の冬は、サーファーや観光客が減ったせいで、どこもかしこも閑散としている。老人は家のなかに、若者は都会に。かろうじてにぎやかなのは、郊外型のスーパーマーケットだけだ。

私は夜食のための雑炊セット、冷凍できる魚の切り身をたっぷりと買いこみ、少し早いかと迷いつつ、春の野草のあく抜きのための重曹を箱単位で買いこむ。

車のなかは女同士、今夜の献立の話題が弾む。ああ、もう正月にはうんざりだ。酒のつまみや料理を作るのに飽き飽きした。なんにもしないでどこかにこもれたらどんなにいいだろうと、笑いながらふたりの主婦は言い合う。

しかしいくらこもっても、やがて終わりがくる。なんにだって終わりはくるのだ。いまいた場所から去るときがくる。

私は今日、百九十二ページまで読み進んだグレン・グールドの評伝のなかに、晩年の彼がついに黙想の惑星＝北国を出て、ニューヨークの雑踏を歩き始めたという記述を見つけた。人間復帰？　敗北？　彼は孤独から脱出したのだ。

私にはグールドが街で買い物をしたり、友人と巨大なステーキを食べている光景をどうしても想像できないが、彼はひとりきりの要塞から飛び出し、しばらくぶりに大嫌いな人間たちと過ごすことにしたのだ。あるいはグールドの行為は、シュネデールのやや皮肉にも聞える「天使は最期に近づくと人間に惹かれる」という言葉の証だろうか。

それから二年を経て、グールドは死んだ。亡くなったその日は、彼にとっては最悪の「とても穏やかな天気」だったそうだ。しかし葬儀の日は違った。霧雨が降って寒かった。グールドはこの日ようやく、自分の国である北へと帰ることができたのだ。最後の言葉は「我に触れるなかれ」だった。

私はグールドではない。グールドの音楽のよい聴き手でもない。しかし、北国から人間社会に舞い戻ったグールドの心は、少しわかる気がする。ひともまた渡りのものなのだから。不幸から幸福へ、その逆もあり、孤独から雑踏へ、ひとからひとへ、静けさからにぎわいへ、脳はせわしなく過去から現在へ、現在から過去へ、時にははるか先の未来にまで行き来する。

ひとつの場所にい続けた四畳半のひとも、「ゆく河の流れは絶えずして、しかももとの水にあらず」と書いた。グレン・グールドの音だってそうだ。低音から高音へ、休止符と連音符の間を絶え間なく行き来していた。決して一ヵ所にはいなかった。

私はこの先、どこに行くのだろう。

……半島に来てから、まるまる一冊本を読み終えたのはそれが初めてだった。なんという怠惰、なんという長い休止符。

読み終えた本を元あった場所、段ボール箱の底に押しこむ。

13

赤い咽喉が落ちている。それも無数に。重なり合った赤が、ところどころ鮮やかな黄色の芯を見せて、道のいたるところに転がっていた。こちらに向けて、いくつも口を開いている。だから咽喉のように見えたのだ。

　両側からうっそうと樹木が茂る道を歩いていた。どこに行くとも知れぬ散歩だった。佳世子さんの養蜂場を訪れた帰り、知らない道を歩いてみたくなった。ひとりで歩くことがこの半島では、もう身についた習慣になっていた。下ったり上ったり、不規則な道を真っすぐに進み、だれも通らない農道をいくつか過ぎたあたりに、見知らぬ湾に出る道が続いていた。空には二月の曇天が広がっている。半島では滅多に雪は降らないが、まれに風花がちらつくことがある。この分だとひょっとしたら夕方、淡雪が舞うかもしれない。

　こんな日は、一日中、灯油ストーブに貼りついて部屋にいるのが一番なのに、つい、体を動かしたくなって「越智養蜂」へと出かけていった。いつものようにはちみつ入りの熱い紅茶を飲み、よもやま話をして、彼女の家を出たのが午後二時。まだ真昼なのに、重みのある曇り空から冷え冷えとした空気が落ちてくる。同時に、背後から見えないものにせかされているようで、私の足は少しずつ速くなった。

ああ、遠出するんじゃなかったと、寒さと心細さに首筋がすくむ。新しい湾に行くのはあきらめて、引き返そうかと思ったとき、その無数の赤が道幅一杯に見えたのだった。

おびただしい量の藪椿の花だった。見上げると、道路の上にアーチ状にかぶさっているのはすべて巨大な藪椿の枝。白っぽい樹皮とつやつやした葉を暗く光らせて、無数の花を散らせている。

だれも通らない道らしいことは、潰された花が見当たらないことでわかった。形のいい花弁が、芯に明るい黄色の雄しべを揃えて、落ちたときの形のまま道を埋めつくしている。暗みを帯びた赤い絨毯は、アーチ状のトンネルのはるか先まで続いていた。まるで「この道、通るべからず」と宣言されているようで、私は足を止めたまま呆然としてしまう。

なんという大量の藪椿。いつからこうして落ち続けているのか。踏みつぶして先に進めば赤い血のような汁で全身が染まりそうだ。

見上げると、重なり合った枝や葉のあちこちに、何百という赤い花がしがみついていた。蕾も無数。首をのけぞらせて樹間を眺めている間も、どこかでぽとん、かさりと音立てて花が落ちる。そのかすかな音が、脳内で反響しながらいくつも重なり合ったが、どこに落ちたのか、厚く赤い堆積にその位置を確かめる術はなかった。

花の落下がなかったら、一帯が藪椿の森だということを見逃していただろう。何年も半島に通いつつ、これまでも私は、いくつもいくつもこうした藪椿の森に気づかずにきたに違いない。こんなところにこんな樹がと、頭上を眺めてようやく納得するありさまに、私はこれも森の呼び声のひとつかと耳を澄ます。

しばらく、間遠い落下の音を聞いていた。トンネルの向こう、あるいは頭上の枝のどこか。時間が止まったような静寂のなかに、墜落する花の音が、生々しく届く。背後からせかされているように思ったのは、この音を聞くためだったたか。知らず、押されて来たのだとも思った。思いつつ、あんまりきれいなので、色鮮やかなものをいくつか拾ってリュックに入れた。手の届くところの枝を引き寄せ、形のいい花がついている枝を手折る。今日の収穫は一枝の藪椿。赤い花は、冷えきった玄関かリビングの片隅を一時、華やいだものにしてくれるだろう。

花を踏みしだいて、先に行く気は失せていた。この道は藪椿の墓地。あるいは私は、怖かったのかもしれない。ひと足をついと踏み出せば、そのまま大地に吸いこまれ、体ごと帰れなくなりそうだった。青く穏やかな波の奥に、ひとを引きずりこむ溺れ谷が隠れているように、花の死骸の下にも、ひとには見えない強い道がある。季節の変り目、終わりを迎えた花にしてみれば、ここは「最後の地」のようなものなのだろう。そう思った途端、熟れた蜜と思った花のにおいに、突如、腐臭が漂い出す。

そのまま引き返した帰り道、ずっと赤の塊が脳裏にちらつき続けて気持ちが悪い。生理はとうになくなったのに、毎月流れた血の臭いが体の奥から甦るようだった。花の落下と血の落下がこんなところで結びつくなんて……。絡みつく赤を振り切るようにして歩いた。

樹間から遠ざかると、視界を覆う曇天の色は、先ほどの道よりもはるかに明るく、薄い光が乾いた冬土の上に注いでいる。美しい花の形が、なぜ無数の咽喉に見えたのか。暗く不穏な樹間の光が、なぜヒトの肉体の生々しさを引き寄せたのか。それとも、曇天をひとり歩くかすかな不安が、ヒトの肉片や血のようなものを垣間見せたのか。厳寒の、ひとけない道、それも入り組んだ湾を包む暗い胎内めいた樹木の下に、一過、あの世の時間が流れたようだった。

足を踏み入れてはならない場所に迷いこんだような怖さが、家に着いても全身にまとわりついていた。

「そのアーチ、私も知ってる。道が真っ赤だったでしょ」

なんとなく落ち着かない気分で佳世子さんに電話すると、笑いを含んだ声が返ってきた。

「たいてい、あっと思うのよね、あの藪椿……咽喉？　さあ、私にはそうは見えないけど」

続けて、伸びやかな声で佳世子さんは言った。

「先は、なぁんにもない広い沼。あなたんちの下の沼がそうだったように、スゲやガマで埋まっている。昔は鯉の養殖場だったけど、いまは渡り鳥の楽園になってるはずよ」

さらに佳世子さんは言った。

「こんな季節に歩く場所じゃないわよ」

そう、まるでお墓だった。冬だけ、姿を現す赤い墓。思いつつ、私はカメラを持っていなかったことを後悔する。人知れず積み上げられた花のお墓を、記録しないでいたことを無念に思う。ヒトの肉体の一部のように見えた花弁を、映像の中に残していれば、私の胸をよぎった怖さだって少しは納得されただろうに。ほらね、咽喉みたいに見えるでしょ、とも言えたのに。

ゆるゆると日々は過ぎていった。倉田さんからの白菜がふたつ、玄関先にむきだしのまごろんと置かれている日、新聞を広げた途端睡魔に襲われ、また布団に潜りこんだ朝、郵便受けに東京から転送された荷物の不在通知票が差しこまれている日もあった。宅配便の会社に再配送を頼むと、転居を知らせないままいた山形の友人からの干し柿が段ボール箱いっぱい詰まっていた。粉ぶいた小振りの干し柿は、彼の家族が毎年庭の柿をもいで作る。これまでは、ずっと東京で受け取っていた冬の贈り物だった。

私はこの時期、庭の草取りも、沼の手入れも一切を放棄していた。立春を過ぎたとはいえ、まだ余寒期、草も球根も眠っている。灯油ストーブを一日中つけっ放しにして、庭に出て行く猫を見送ったり、台所で大根をことこと煮たり、大量の白菜を塩漬けにしたりしていた。それでも一日はあっという間に暮れる。冬の落日は早く、気がつくと西側の森の向こうに赤い太陽が沈んでいく。

夜は、ベランダに出て冬の星座を見るしかすることはなかった。きんと冷えた空を無数の星が音もなく渡っていく。オリオン座、北斗七星は家の真正面にあるが、その他の星は名がわからない。北からの風に揺れる木々の枝の間で、それらの星は、黒の中の白、黒の中の銀の点となって私の目を楽しませた。

その漆黒の闇の静けさのなかに、相変わらずわき水の音だけはあって、薄く凍った沼のあたりにさざめいていた。どんなふうに地中から湧いているのか、音は一定ではなく、かすかなリズムを刻んでいる。

ベランダに立ってわき水の音を聞いていると、暗い地底が浮かんでくる。見えない水脈の源を、しきりに覗きこみたい気分になる。いま流れている水は、いつの時代のものだろう。長い年月をかけて、近くの崖から染み出したものが、土中でろ過され、目には見えない通路を通って行く。それがまた海に戻るのだと思うと、水の旅のはるけさだけが畏怖と憧れを伴って私の心を無心にする。

その水音になにげなく耳を傾けているうち、ふいに一人の男の顔が浮かんできた。あのひとは……なんという名だったろう。東京のマンションの真上の部屋に住んでいた。そう、岡村さん。私と同じころに入居したひとり暮らしの男性だった。

同時に、水びたしの布団、ぐっしょりと重くなっているそば殻の枕、まだら模様を描く押し入れの壁がありありと思い出された。押し入れの中だけではなく、トイレの床にも壁を伝った水が薄くたまっていた。

三年ほど前の初夏のことだ。深夜、寝ようと床に入ったときだった。台所や押し入れのあたりから、聞きなれないかすかな音がしていた。ひたひた、ぴちゃぴちゃ。最初は猫が水を飲んでいるのかと思った。しかし猫は私の布団の上で身を丸めている。なんだろうなぁ、この音は。風呂の水栓か台所の蛇口を閉め忘れたのだろうか。

気になって起き出してみて、私は思わず声を上げた。台所の壁と天井の隙間からぽたぽたと水が滴り落ちているのだ。フローリングの床にはうっすらと水の層ができている。ぎょっとしてあたりを見回すと、寝室と台所の間にある押し入れの壁も同様。普段使わない夏布団や予備の毛布、一組しかない客用の布団がすでにぐっしょりと水を吸っていた。

慌てて、マンション管理会社の緊急時ダイヤルに電話をし、非常階段を使って真上の部屋へと飛んでいった。思い切りドアを叩き、私は「水ですよ。水漏れですよ。すみません。元栓、すぐに閉めてくれませんか」と叫んでいた。

ドアをどんなに叩いても、チャイムを押してもなかなか住人は出てこなかった。やがて、男がよろめきながら出てきたが、どこかピントがあっていない受け答え、事態がよく呑みこめないのか、ろくに話が通じない。「水が私の部屋に……ほら、この玄関もびしょぬれじゃないですか」と床を指さしながら説明している間にも、水は私が立っている通路に染み出してくる。いったいどうなっているのか、足を濡らしているくせに、岡村さんの表情は薄かった。事態が呑みこめないのならそれはそれでいい。けれども、水浸しになった私の部屋をどうしてくれるのだ。知らんぷりされるのだけは我慢できないと私は口から出かかった非難の声を押し殺すのに必死だった。

マンション管理会社が手配してくれた業者が来たのは、それから約一時間後。原因がこちらに伝えられたのは明け方だった。上の部屋のトイレのシンクのレバーが故障し、水が流れっぱなしになっていたらしい。それだけならどうということはなかったが、タンクのそばに置いてあった石鹼箱だか消臭剤だかの箱が水の落とし口につまり、あふれた水がパイプや構造体の隙間を通して私の部屋に流れ落ちていたのだ。その間、岡村さんはなにも気づかず、奥の和室でぐっすり眠っていたらしい。

それから数日、私は部屋をはいずり回って掃除と濡れた布団の処理に追われた。あんなに大量の雑巾や吸水シートを使った掃除は初めてだったし、布団を処理するには「粗大ごみ」の回収日を待たなくてはならないと知ったのも初めてだった。日を追って水を吸った布団は臭い出した。

なによりも怒りを誘うのは、岡村さんから謝罪が一切なかったこと。そもそも顔を合わせることすらなかった。なんて失敬な奴なんだ。今度会ったら文句のひとつも言ってやる。そう思っていた。しかし、私の気持ちはまもなく急速にしぼんでいった。

あれは同情だったろうか、それとも憐れみだったのか。私は岡村さんにかける言葉を失ってしまったのだ。

水漏れがあってから一ヵ月ほどあとのこと。

珍しく早く目がさめて、玄関ドアに差しこまれたばかりの新聞を取りに行った。そのとき玄関脇の小窓からマンションの敷地内にある駐車場が目に入った。まだ群青色の夜明けが残る空気のなかで、なにをしているのか駐車場の空きスペースに黙然と立っている岡村さんの姿があった。契約車両のスペースを示す白いラインの上だった。前屈みになって、じっと地面を見ていた。蟻の行列か、地面に舞い落ちた紙片でも見ているのか。手を前にだらりと下げた影は、煮凝ったように動かない。粘土の人体模型が立っているような雰囲気だった。

一ヵ月前に比べると、ひどく痩せ衰えていた。こわばった静けさ、異様なほどの集中力が岡村さんの周囲に漂っていた。ひどく不安定な前屈みの姿勢のまま、やがて岡村さんは膝に力をこめて少しずつラインの上を動き始めた。一歩また一歩。据わりの悪い桶のように腰がゆらいだ。しばらくその姿を眺め下ろしているうちに、私ははっとした。リハビリの運動らしいと気づいたからだ。腰か背中か足をかばいつつ、歩かねばという切迫感に駆られた歩行だった。一歩ごとが死に物狂いの様相だ。そのころになって初めて、「そうか、そうだったのか」と私は、水漏れのときの岡村さんの言葉がやけにはっきりしなかったこと、よろめくように出てきた不安定な姿を理解した。

また別の日のこと。烈しく叱責されている岡村さんを見た。向き合っている女は区の職員か介護関係の人らしい。岡村さんは白々とした顔をして、非常階段のてすりにしがみついている。自分で非常階段を上ると言っているのを女が止めようとしているらしかった。

「どうしてそうなんです？　いつもひとを困らせて。いい加減にしてくださいよ」

岡村さんは無言のままだ。口をギュッと結び、女をにらみつけるように見ていた。埒があかないと思ったのか、女が岡村さんの肘に手を差し延ばした。岡村さんがそれを強い力で振り払った。女は悲鳴のような声を上げた。

「なんなのよぉ。私は仕事だから来ているんです。エレベーターでいいじゃないの。階段は危ないって言われているでしょう。転んだら私の立場がないのよ。わかる？　ああ、もう……」

しばらくすると女の声は懇願の口調に変った。脅したり、なだめたり、機嫌をとったり、階調がころころと変る声がしばらく非常階段に響いていた。

私はその岡村さんの姿に、内臓をわしづかみにされたような気分になっていた。このマンションの住人になった三十年近く前、岡村さんはまだ充分若かった。深夜の帰りが多く、勢いよくバタン、ドンとドアを閉める癖があった。私はそのつど顔をしかめ「こんな時間になによ。迷惑男め」と呟いたものだ。その後どんな日々が流れたのか、勢いよく深夜帰る男は、駐車場の白いラインの上を危なっかしく歩く老人に変っていた。

こんなふうにひとは病み壊れていくのか。叱責と軽蔑と憐れみの中で生きていくのか。そう思って眺めていたとき、私は、ふいに岡村さんの声を聞いた。

「バカ・ヤロ。もう、いい」

女に言ったのか、はっきりと強く、声は私の耳に届いた。

ひとり暮らし、老いて行く体。熱心にリハビリをしているものの、もう肉体は昔のものではない。岡村さんは、女に引きずられるように、エレベーターのあるホールへとのろのろと動き始めていた。

私は部屋に戻り、押し入れの中を眺めた。新しく買った布団はまだなじみがない。ふかふかと膨らんで、妙にかさばっている。一ヵ月前には、ここに東京でいつも使っていた布団と枕があった。それが水漬《みづ》く布団、水漬く枕に変わり、なじんだ手触りはもうない。そういえば濡れた寝具は、まるでひとり分の死のようだった。あんなふうに、物にも思いがけない終わりは来るのだ。

岡村さんの部屋にも、一巻の終わりを迎えたものが無数に転がっているだろう。しみのついたスリッパに「バカ・ヤロ」。水のたまったトイレの床に「バカ・ヤロ」。水跡のある壁に「バカ・ヤロ」。老いて行く年月に「バカ・ヤロ」だ。その低い、憤りのこもった声がどこからか残響のように届いてくる。

あれからだ。私は上階の音に過敏になった。静かであればあるほど、あの部屋がどうなっているのか気になった。手伝いの者は来たのだろうか。ボランティアの女でも、叱責好きな介護の女でもいい。そうでなければ岡村さんは、汚水が溜まったままの部屋で過ごすことになる。あるいはすでに水を吸った床や壁から黴くさいにおいが立ち昇っているかもしれない。目には見えないが、底のない暗がりが上の階に広がっていく。以来私は、夜の水音に敏感にならざるを得なかった。

耳を澄ましていると、空気が漏れるような音、シャーとなにかが通り過ぎる音が絶え間なく壁奥を通りすぎた。上の岡村さんの部屋よりさらに上の階から、流れる水音がはっきりと聞えた。水は壁に埋めこまれた排水管のなかをとどこおりなく落ちて行く。遅くまで起きているひとが洗面所か台所で水を使っているのか。それは次第に、押し寄せる洪水のようにも錯覚された。

脳裏に広がる水漬く管、水漬く壁。私は耳を澄ましながら思っていた。こんな音がしていたのか。こんなふうに、夜、ひとは生きているのか。水が動くことで確かめられる小さな存在証明が夜の壁奥をひっそりと流れていく。しかし岡村さんの部屋は静かだ。

新しい枕に顔を押し当てじっとしているうち、私の目から、生暖かいものが流れた。天井のすぐ上にたまった動かぬ水のなかに、岡村さんの水漬く体が身じろぎもせずに横たわっているのが見えたからだ。生きているのに、死んでいるかのような静かな肉体。その肉体が、洗剤の泡のようなものを吹き出しながら「バカ・ヤロ」と言っている。言葉は汚水にまみれて、どこにも吐き出されないまま暗闇に沈んでいく。

凍りついた沼の水面が暗闇の奥でわずかに光っていた。ベランダに上ってくるわき水の音は、さらさらと軽快だ。地底の通路をたどり、絶え間なく海へと流れていく水。人間から遠く遠く離れた水がここにある。日常の生活に結ばれた水ではなく、ただ重力のままに土地の傾斜に運ばれていく水。闇の中のわき水は、「ひゃっひゃっ」という笑い声にも、人を追う「しっしっ」という音にも聞える。行き先のわかる喜びと地底から出た自由にははしゃいでいるようでもある。笑う水の向こうに一瞬、岡村さんの「もう、いい」と恨みをこめた声が混じった気がしたが、私はあれから一度も岡村さんの姿を見ていなかった。

冷え冷えとした厳寒の夜。オリオン座がだいぶ西へと移動していた。

私は、すっかり体温を失った手や肩をさすりながら、室内に戻る。しばらく灯油ストーブの前に陣取ってぼんやりしていた。寒さに縮かんだせいか、なんでもいい、アルコール類を飲みたい気持ちがせりあがってくる。食品のストックケースからワインを出し、赤い芳醇な液をグラスに注いだ。たちまち、体の奥に暖かいものが流れ始める。両手の指を伸ばしたり縮めたりしつつ、久しぶりに自分の荒れた手を見た。夏、海水浴で水に透かした手はまだ充分若く見えた。けれども実際の手はもう若くない。いくつもの皺が節や甲の皮膚に浮き出している。

私だって、いつ岡村さんのように、よろめきつつ朝を迎えるかわからないのだ。言葉が不自由になることだってあるだろう。ひとの年月は流れ星のよう。わき水のように遠く長い循環を持っているわけでもない。日々単調な周期を繰り返し、ハッと気づくと、たった一本の白いラインさえ歩けなくなっている。

そう思ったとき、なぜか、「早くしなきゃ」と言葉が胸元から転び出ていた。早く、早く。そうしないと間に合わなくなる。決意だけがひとを先に動かすのだ。だから早く。できるだけ早く。

——立春。梅の花、オオイヌノフグリの花咲き始める。スノードロップ開花。クリスマスローズ最盛期。フキノトウの収穫、鉢花の移植、鉢増し。宿根草の肥料やり。ジャガイモの苗の植えつけ。etc.——

——雨水《うすい》。雪が雨に変わるころ。少しずつ気温が高くなる。木の芽の胎動始まる。球根の芽出しのための堆肥。etc.——

◎わずかだが雨が降る。このころ降る雨を「四温の雨」と言うそうだ。橘さんが「三寒四温の……」と言っていた

◎薔薇苗に小さな芽が出ているのを発見

◎正月、母のところから持ち帰った餅をようやく食べきる

◎次に買うもの。園芸用のゴム手袋。長靴の補修用パテ。ハーブの種

☆

三月。

啓蟄《けいちつ》が過ぎ、そろそろ彼岸だ。

淡く繊細な緑が山のいたるところに萌え始めていた。

私は午後早い列車に乗るため、うろうろと小屋のなかを動き回る。宅配便で送る荷物に入れ忘れているものはないか、最後の点検をする。

二階の窓はしっかりと鍵をかけたし、郵便局への転居届はすでに出した。新聞購読も断った。おそらく私は、半月もしたら一年間なじんだ地方新聞の「明日の暦」や「遠洋漁船便り」の欄を懐かしむことだろう。冷蔵庫のなか、猫の餌箱、水入れも空にした。ガスも水道も元栓は止めた。健康保険証もパスポートも預金通帳もバッグの片隅に入れてある。

ここ一週間、私はなじんだひとの家々をただおしゃべりをするためにだけ訪問した。倉田さんは今年の春の種まきのことをひとしきり私に話したあと、「まだタケノコには早いから、代わりにこれ」と、菜園の片隅でとれたフキノトウをどっさりとくれた。自生のフキは毎年増えて、いまでは倉田さんの菜園の野菜を侵食するほどになっている。「去年よりも増えている。いずれフキのジャングルだ」とぼやきつつ、「てんぷらにしなよ。うまいから。冷蔵庫に入れておけばしばらく大丈夫だし」と言った。

橘さんは、彼の妻とおそろいだという若草色のスカーフをプレゼントしてくれた。ヨモギの若い葉で染めたものだそうだ。春一番に芽を出す植物で染めた布は、免疫力を高める効果もあるという。植物に関する民間信仰は天ではなく、野のあちこちに転がっているのだった。橘さんには、以前ビワの実だけをつけこんだ「ビワの実焼酎」をもらったこともある。これも胃だか腸だか、皮膚だかによく効くという。

靖子さんと幸太郎さんの手作りの家は、南側の大きな窓いっぱいに陽光を受けてきらきらと光っていた。貼った芝はところどころに青い茎を出し、秋に植えた薔薇苗はしっかりと根づいていた。何本もある薔薇は、たぶん今年の初夏、色とりどりの花を咲かせることだろう。

「当分は無職が続くでしょう」と幸太郎さんは言っていたが、塾の先生の仕事は春の新学期が始まるころには決まりそうだという。定年退職した元教師が経営する小さな塾だが、そこでとりあえず週に二回、中学生を相手に数学を教えるのだそうだ。

に断った。

「私も、絵描いたのよ」とかたわらから靖子さんが言った。リビングには額に入れたキノコの絵が飾ってある。宙に浮かぶ赤い落下傘のように見えた。「よかったら、持っていく?」と靖子さんは言ったが、私は「ありがとう。でも、ここのほうが断然いい」と丁重に断った。

靖子さんは知らないのだ。私の東京の部屋がいかにわけのわからないもので埋まっているかを。黄ばんだ大量の本、プリントアウトしたあと積み上げている資料や書類の束、亡くなった友人たちから届いた古手紙、捨てられないまま放置してある服の類、トイレに山積みになっている猫のためのペットシーツや、買い置きの洗剤。なにもかもが雑然とした部屋に、かわいらしいキノコの絵は似あいそうになかった。それに……言いかけて私は、口をつぐむ。いまは言わないことにした。

「こんどいつ来る?」

「六月。七月の初めになるかも。どちらにしてもホタルのころになると思う」

川原さんの奥さんは、夫婦ともに庭に出て、咲き始めた桃の枝を切ってくれた。どうやって持ち帰ったらいいのか迷っていると、いつも無口なご主人が、「干からびてもええやん。今日一日だけ持てばそれでええやん」

その横で川原さんの奥さんは「ヤマザクラが咲くまでいたらいいじゃないの」と繰り返す。

新聞紙で丁寧にくるまれた桃の花は、つぶれたり折れたりしないように猫のキャリーケースの上にくくりつけた。

「駅まで送るから」と言ってくれた佳世子さんの車が来るまで、私はこれだけはしておきたいと、倉田さんの竹林に向かった。まだタケノコの姿はないけれど、なかに入ると、すっと涼しい風が吹いた。頭上で、幹が触れ合うカランコロンといういい音がした。真空の宇宙？　ここにいるとたしかに、死にそうにない気分になる！

もうひとつ思いがけない発見があった。枯れたと思っていたドシャブリの木が、根元にひこばえのような枝を出していた。何度も腰を下ろした切り株の途中にも、緑の小さな芽がある。わぉ！　だ。

家に戻るとき、「ユキオさんの橋」を通って沼に寄った。舟の舳先が、鬼瓦の顔を見せて宙をにらんでいる。掌で撫でると木の肌は暖かく、沼には絶えず水音がして、水音に混じってウグイスの鳴き声がした。

ここで、あてのない休暇を始めたときも、しきりにウグイスは鳴いていた。今度はその鳴き声に送られるのだった。

十二ヵ月弱の滞在だった。しかし私は半島で、何年も過ごしたような気がしていた。ひと月をほぼ半分に仕切った二十四節気の暦のせいだろうか。幸福で穏やかな日々だった。ろくに仕事をしないで食べて眠り、おしゃべりをし、海べりを歩き、森を徘徊した。

だれにも言わなかったがこの三月、私は誕生日を迎えた。ほんの十日ほど前、またひとつ太いラインを越えたのだ。そのラインを越えた日、私はこれまでずっと曖昧にしていた思いに決着をつけることにした。一度、東京に戻ろう。荒れた部屋を片づけ、いらないものは捨て、マンションをひとに貸すか売りに出そう。どちらを選んでも、ここで生活するための大切な収入になるだろう。首尾よくいったら、新しい気分で半島に帰ってこよう。早く、早く。でないと間に合わなくなるものがある。

奈々子、これでいいかな。あなたの〝生き急ぎ〟とは違う速度を、私は見つけたいの。東京のスピードとは違う、私にふさわしい速度をね。

朝から家に閉じこめたままの猫を、キャリーケースに押しこむと、ほどよい間合いで佳世子さんの車が到着した。荷台に宅配便で送る荷物を積み、キャリーケースのなかで動転しているのか、鳴き叫ぶ猫に「すぐにまた来るんだから」と言い聞かせ、私と猫は車に乗った。

「次は六月?」

「うん。とりあえずは母と一緒に。その先のことは決めたら報告する」

あとは話すことはなにもなかった。佳世子さんにだけは伝えてある。いずれマンションを引き払ってここに来る。東京と行き来するにしても、今度はこちらの生活を主にするつもり。だから、ほんの数ヵ月の留守よ。

「じゃあね」

「またね」

言いつつ佳世子さんは、布でくるんだ瓶を私の手に押しつけた。

「なに、これ」

「言ったでしょ。いつか世界一のはちみつを上げるって」

布を開くと、黒ずんだ糖液のようなはちみつが、光を透かしてとろりとゆれた。

「栗の花のはちみつよ。あなたが東京に戻るとき渡そうと思って、少しだけ残してあったの。数年に一度しか採れない洋司さんのお気に入り。免疫力上がるわよ」。さらに佳世子さんは、秘密を打ち明けるように言った。

「免疫力といえばさ、靖子さんね、喘息の発作もないし、本気で子どもを作るつもりらしいわよ。うまくいけばまた住人が増えるわね」

そうか。そういうことか。四十代だもの、まだ間に合うことはたくさんある。当分雄蜂として働くことになる幸太郎さんを思うと、自然に笑いがこぼれ出た。

ぶんぶんぶんぶん、蜂たちの羽音がした。列車に乗っても絶え間ない羽音は消えなかった。「越智養蜂」の働き蜂たちは、いまごろ半島のあちこちで、真っ盛りの菜の花に群がっているはずだ。巣箱のなかでは女王蜂が、いまこの瞬間も無数の卵を産み続けているだろう。永遠に繰り返される、終わりのない命の連鎖。雄蜂になっている幸太郎さんも、あのぶんぶんという群れのひとりだ。

私は、足元に置いたバッグからノートパソコンをとり出す。電源を入れ新しいファイルを開き、少し考えてからファイル名を「ドシャブリの木のそばで」と打ちこむ。この先、私が日々綴る人生後半の記録のつもりだった。あの木と競争するのだ。

淡く光っているモニターの文字をぼんやりと眺めているうち、とうに忘れていた音楽の片鱗が湧き上がった。ハスキーな女の声は「もう森へなんか行かない」と歌っている。若いころ、何度も聞いたフランソワーズ・アルディの曲だった。うろ覚えの歌詞がよぎっていく。

♪私の青春はいってしまう。だからもう森へなんか行かない。

声は低く脳裏に湧いた。

そう、率直に認めよう。私の青春は終わってしまった。だからもう森へなんか行かないだろうと思っていた。しかし、いまは違う。私は、これからもあの森に行くだろう。ヤシャブシと杉と松と雑木たちが、海風や朝の光と一緒にいるあの森へ。秋には極彩色のキノコが林立する。靖子さんが「アマチュア画家」の顔で歩き、みつばちたちが通り抜ける私たちの森。ときに得体のしれぬ海のものが上ってくる、ふわふわの腐葉土の道。あの道をこれからも、私だけに見える海のものたちと一緒にゆっくりと歩こう。人知れず森に帰ってきた女が、ふっと明るい顔で笑う日もあるだろう。

半島の駅を過ぎて約三十分。走り続けた列車は山を抜けた。ふたたび視界には海が現れる。まぶしい陽光に反射する鳥羽の海。満潮の水が青い水際を見せて光っていた。

それがこの半島の出入り口にあたる、リアスの湾のひとつだということを、もう私はだれよりもよく知っていた。内側に大きくえぐれこんだ湾は、水色の大きな子宮のようだ。

湾を右手に過ぎれば、あとはなだらかな丘陵と田畑の続く平野だ。その平野のはるか先に、私が青春を過ごした都市、私にとっては少しずつ老い始めている東京が待っていた。

＊引用・参考資料

マルグリット・デュラス／ミシェル・ポルト／舛田かおり訳『マルグリット・デュラスの世界』青土社
赤嶺秀雄監修／磯部克編著『三重　自然の歴史』コロナ社
山田幸子『二十四節気でわかる園芸作業』主婦の友社
角田公次『新特産シリーズ　ミツバチ』農文協
ミシェル・シュネデール／千葉文夫訳『グレン・グールド　孤独のアリア』ちくま学芸文庫
ヘンリー・D・ソロー／佐渡谷重信訳『森の生活』講談社学術文庫

いのちを輝かせる場所へ

解説
木村朗子

前へ前へとがむしゃらに生きてきて、ふと自分のいのちに限りがあることを悟ってしまう瞬間がある。それは母親の老いを目の当たりにしたときかもしれない。あるいは親しかった友人が一人またひとりとあの世に行ってしまうのを経験するときかもしれない。雑事にかまけたこれまでの暮らしを整理して、生きることそれ自体を味わってみたいと思うときがくる。

語り手の「私」は長く暮らした東京のマンションを出て、志摩半島の別邸で一年弱を過ごす。これまで見たこともなかった二十四節気の暦を買い求め、月の満ち欠け、潮の満ち引きとともに、ただ起きて食べて眠る暮らしをはじめた。

東日本大震災の放射能災のときに一度、そしてコロナ禍にもう一度、都会の人が地方に移住するモメントがあった。しばらく前から少子高齢化からの過疎化に悩む地方自治体は、その土地に生まれ育って東京で大学に行き就職した人たちが戻ってくるUターンだけでなく、その土地に縁もゆかりもないIターンの移住者をも優遇する措置をとっている。東日本大震災のときに移住を実現した人もいれば、コロナ禍でリモートワークが常態化すると、二拠点に住まう方法も可能となって、自然にあふれた子育てしやすい環境を求めて移住する若い世帯も多くいた。

しかし実際には『半島へ』が書かれたのは刊行の二〇一一年よりも前のことで、いまだ私たちが東日本大震災もコロナ禍も知らない頃のことである。それでもなお今この小説を読むと一度仕切り直しを迫られて新しい暮らしに踏み出した者の物語のように感じられるのだ。

東日本大震災の放射能災という環境破壊、そして世界各国で酷暑や山火事、洪水などの災害をもたらしている気候変動によって自然環境への関心は高まっている。ウォールデン池のそばの森の生活を記したヘンリー・D・ソローの『ウォールデン 森の生活』は環境に注視するいま再評価がなされている。『半島へ』のなかでも主人公は自然と一体となった暮らしぶりをソローかはたまたボーデン湖畔で暮らしたヘッセかとなぞらえている。いずれもエコクリティシズム（環境批評）の必読書である。しかしそれもまたおそらくは作家の預かり知らぬことだろう。

志摩半島のリアス式海岸からつづく森のそばに主人公の暮らす家はある。志摩半島は高度成長期には、リゾート開発があり、ゴルフ場が作られ、富裕層の別荘地でもあったらしい。現在では過疎化が進んで半ば打ち捨てられたようなその土地に定年後にやってきた者たちがささやかな暮らしを営む集落をつくっている。脱サラして移住してきた住民ばかりではなく、別荘として持っていて都会から数ヵ月に一度通ってくるような人たちもいる。主人公も何年ものあいだそのようにして東京からやってくる一人だった。

長編小説『半島へ』が書かれる前に、志摩半島での暮らしは『海松《みる》』所収の短編小説に断片的に描かれている。表題作「海松《みる》」によると、四十代の主人公は更年期と思われる体の不調を感じていて、高齢による鬱状態にあった母親のためにもなるだろうと一九九五年に急傾斜の土地を手に入れ一九九六年にそこに家を建てたのだった。

もう一つの短編「光の沼」では、『半島へ』に印象深く描写される家の前の沼地をはじめてみつけたときのことが記されている。東京からたまに通う別邸は半年近く留守にすると「猛烈な勢いで植物たちが庭に押し寄せ」ている有り様だった。主人公が笹竹やシダと格闘しているとふと沼地が姿を現わす。それが二〇〇〇年初夏のこと。沼地が整いだすとそこを生息地とした蛍が飛び交うようになる。主人公はそうして少しずつ土地の素顔を発見していく。そのたびに「アア、マタ、ミツケタネ」と原野のささやく〈聲〉がきこえてくる。

これらの短編を経て、主人公が東京のマンションを引き上げて一年近くを半島で暮らす日々をつづったのが『半島へ』である。東京との往復のあいまにひととき泊まっていくのとはちがって主人公の毎日は「起きるのも眠るのもその日の気分まかせ」。理想的な人生の「休暇」を謳歌する。

竹林を所有し、タケノコの季節になるとせっせと掘り出し、近所に配ってまわる倉田さんは、「竹林を通ると、この先、死にそうにないような気がするよ」という。一日に何十センチも伸びるタケノコのエネルギーが乗り移るというのだ。倉田さんは定年後にこの土地を買い、妻や子供たちを街に残して一人できままに暮らしている。

会社をクビになった佳世子さんは同じ頃会社に嫌気がさした洋司さんと知り合い、半島に移住して養蜂をはじめた。こうした魅力的な隣人を先人に持ち、教えられるままに二十四節気の暦を手に入れて天気や気温、月齢をみるようになると、自然界の変化に自分の身体が呼応するのを感じるようになっていく。

老いた母も蛍を眺めるのを楽しみに毎年やってくる。五年前に悪性腫瘍を患って片足を切断したにもかかわらずここへ来ると楽しそうにする。いのちの恵みあふれる半島での暮らし。しかしその決意の裏には死の影があった。もともと主人公がこの半島に土地を買ったのは一九九五年のこと。「十年以上、だれよりも親しくつきあったのに、自分から向こうへと行ってしまった」奈々子の自死があった。その後、主人公が八年ものあいだつきあって別れた不倫相手の男が病気で死んだという通知を受けてもいる。周りの人たちが時を超えられずにこの世を去っていくのに抗うようにして、このいのちあふれる場所へとやってきたのだ。

作者の稲葉真弓は、一九九二年に薬物依存とオーバードーズで死んだ阿部薫と自死した鈴木いづみの関係を描いた小説『エンドレス・ワルツ』を発表しており、どこか死に引きずられるような情念に取り憑かれていたかのようだ。しかし破滅型の熱情とは若さあってのものだろう。いまや、そうした破滅型の都会の暮らしとは正反対の場所へと向いているのである。老いていくことが強烈に意識されると、かつては意味のあったものが実を失った抜け殻にみえてくる。「どこにも熱情をかきたてるものがない。ここでほんとうに老いて行くのか。それでいいのか。仕方のないことなのだろうか。男もまた私にとって抜け殻のひとつだった。熱情が消えた場所に、骸がひとつ、音もなく落ちていく」という主人公には東京での暮らしのすべてが遠ざかっていく思いだ。

それでもなお主人公はともすると死の影にひきずられそうになる。森深い半島に不法投棄された車のなかで白骨死体が発見された事件を耳にすると現場をみたがって佳世子さんを呆れさせる。佳世子さんが死に触れることの忌避感をふつうに持っているのに、主人公は死者を冒瀆するような自らの軽薄さを後悔しつつもどうしようもなく惹かれてしまうのだ。「死者に関わってはいけない。死者に触れるな。向こうから彼らが来るまで、むやみに境界を押し開くな」と自戒する。しかし主人公は、佳世子さんたちの知らない白骨死体の真相にひょんなことから行き着いてしまう。この土地に古くから暮らす老婆が話して聞かせたことによれば、その死体は、高度成長期のころに移住してきて喫茶店を経営しそれなりに繁盛させたのち、息子を海の事故で失い、さらに夫を病いで失った一人の女だった。一人になった女は半島を出たときいていたが自らの死期を悟って子供と夫のいるこの半島に戻ってきて廃車のなかでひっそりと死んだらしい。その頃女は七十代になっていたはずだが、おそらく最後はここにしようと考えてやってきたのだと老婆は語る。主人公は「おぞましく薄気味悪いものと思っていた白骨死体が、宙に浮かぶ真っ白なユリの花のように、聖性を帯びたものへと変化していく」のを感じる。

短編「海松」が二〇〇八年川端康成文学賞を受賞したとき、選者の井上ひさしは次のように評したと帯にはある。

光る比喩をちりばめた正確で細密な描写が、魔法のように「失われた時間」を浮かび上がらせ、それにつれて〈時は逝く〉という人生の真実が現われてくる。静かな戦慄が、そこにはあった。

いのちを終えていく人を見送りながら生きていくという「人生の真実」が現われているというのは、この長編小説『半島へ』でも同様だ。月を見れば「弓形のラインに、失われた時間がくっきりと刻印される。月は闇夜からまた満ちていくが、人間の時間は、こぼれていく砂のようだ」とある。だからこそ主人公はこの半島の自然の無限の生のサイクルの中に身をおきながら、日々を耕すようにして生きてみようとするのだろう。

主人公は夏の終わりにバスに乗って誰もいない海岸にはじめていった。一年住んでみてようやくそんな暇ができたのだろう。波に体を預けてたゆたう。水の中にみえる体はまだ充分に若い。波に持ち上げられて体も軽い。自由だ。それでいて「海の前では途方もなく無力であること」を知っている。生と死のあいだのたゆたうような時間がここにはある。

半島へ、半島へ。

なぜこの土地にこんなにも惹かれるのか。読めば読むほどV字の傾斜地に敷地面積が足りずに上へと延ばして建てた「ノッポで細身の家」はみなが不安そうに見上げるほど頼りなげだし、車の運転もできず一時間に一本しかでない循環バスで町まで買い物にでかけるのはあまりに不便そうだ。主人公自身もなぜそんなにもこの土地に惹かれるのかはうまく説明できないのだろう。人に何度も問われて、雉がいるのをみたから、禁欲的で無愛想な崖だらけなのがよかったからなどと嘯いてはみるが、何をいっても実感とは一致しない。だからこそこの小説は書かれた。『半島へ』は、この土地の魅力を一冊かけて存分に知らしめてくれる小説だ。

二〇一一年に刊行された『半島へ』は谷崎潤一郎賞、中日文化賞、親鸞賞を受賞して注目を集めた。その後、稲葉真弓は二〇一四年に急逝する。その年の四月に紫綬褒章を受章したニュースを聞いたばかりだったから驚いたことを覚えている。

小説の最後で、主人公は十二ヵ月弱の滞在を終えて東京へもどっていく。三月に六十歳の誕生日を迎えた主人公は、いよいよ東京のマンションをたたんで半島への本格移住に向けて準備することにしたのだ。『半島へ』刊行後のインタビュー記事によると稲葉真弓は半島へ本格移住するどころか、一年を過ごした経験もないのだという。東京からあわただしく通うなかでこの小説は書かれた。当たり前のようだが作家はあの半島に暮らした主人公とはちがうのである。となれば、あの半島は読者の想像のなかにあるということだ。六月になればまた蛍はあの沼地の上を飛び交うだろう。

Kodansha Bungei bunko

半島《はんとう》へ
稲葉真弓《いなばまゆみ》

2024年９月10日第１刷発行

発行者……………… 森田浩章
発行所……………… 株式会社 講談社
〒112-8001 東京都文京区音羽2・12・21
電話 編集（03）5395・3513
販売（03）5395・5817
業務（03）5395・3615

デザイン……………… 水戸部 功
印刷……………… 株式会社ＫＰＳプロダクツ
製本……………… 株式会社国宝社
本文データ制作…… 講談社デジタル製作

ISBN978-4-06-536833-6

青木淳選	建築文学傑作選	青木 淳──解
青山二郎	眼の哲学|利休伝ノート	森 孝──人／森 孝──年
阿川弘之	舷燈	岡田 睦──解／進藤純孝──案
阿川弘之	鮎の宿	岡田 睦──年
阿川弘之	論語知らずの論語読み	高島俊男──解／岡田 睦──年
阿川弘之	亡き母や	小山鉄郎──解／岡田 睦──年
秋山 駿	小林秀雄と中原中也	井口時男──解／著者他──年
芥川龍之介	上海游記|江南游記	伊藤桂一──解／藤本寿彦──年
芥川龍之介 谷崎潤一郎	文芸的な、余りに文芸的な|饒舌録ほか 芥川vs.谷崎論争　千葉俊二編	千葉俊二──解
安部公房	砂漠の思想	沼野充義──人／谷 真介──年
安部公房	終りし道の標べに	リービ英雄-解／谷 真介──案
安部ヨリミ	スフィンクスは笑う	三浦雅士──解
有吉佐和子	地唄|三婆 有吉佐和子作品集	宮内淳子──解／宮内淳子──年
有吉佐和子	有田川	半田美永──解／宮内淳子──年
安藤礼二	光の曼陀羅 日本文学論	大江健三郎賞選評-解／著者──年
安藤礼二	神々の闘争　折口信夫論	斎藤英喜──解／著者──年
李良枝	由熙|ナビ・タリョン	渡部直己──解／編集部──年
李良枝	石の聲 完全版	李 栄──解／編集部──年
石川桂郎	妻の温泉	富岡幸一郎-解
石川 淳	紫苑物語	立石 伯──解／鈴木貞美──案
石川 淳	黄金伝説|雪のイヴ	立石 伯──解／日高昭二──案
石川 淳	普賢|佳人	立石 伯──解／石和 鷹──案
石川 淳	焼跡のイエス|善財	立石 伯──解／立石 伯──年
石川啄木	雲は天才である	関川夏央──解／佐藤清文──年
石坂洋次郎	乳母車|最後の女 石坂洋次郎傑作短編選	三浦雅士──解／森 英一──年
石原吉郎	石原吉郎詩文集	佐々木幹郎-解／小柳玲子──年
石牟礼道子	妣たちの国 石牟礼道子詩歌文集	伊藤比呂美-解／渡辺京二──年
石牟礼道子	西南役伝説	赤坂憲雄──解／渡辺京二──年
磯﨑憲一郎	鳥獣戯画|我が人生最悪の時	乗代雄介──解／著者──年
伊藤桂一	静かなノモンハン	勝又 浩──解／久米 勲──年
伊藤痴遊	隠れたる事実 明治裏面史	木村 洋──解
伊藤痴遊	続 隠れたる事実 明治裏面史	奈良岡聰智-解
伊藤比呂美	とげ抜き　新巣鴨地蔵縁起	栩木伸明──解／著者──年

▶解=解説 案=作家案内 人=人と作品 年=年譜を示す。 2024年9月現在

講談社文芸文庫

稲垣足穂—稲垣足穂詩文集　高橋孝次—解／高橋孝次—年

稲葉真弓—半島へ　木村朗子—解

井上ひさし-京伝店の烟草入れ 井上ひさし江戸小説集　野口武彦—解／渡辺昭夫—年

井上靖——補陀落渡海記 井上靖短篇名作集　曾根博義—解／曾根博義—年

井上靖——本覚坊遺文　高橋英夫—解／曾根博義—年

井上靖——崑崙の玉|漂流 井上靖歴史小説傑作選　島内景二—解／曾根博義—年

井伏鱒二—還暦の鯉　庄野潤三—人／松本武夫—年

井伏鱒二—厄除け詩集　河盛好蔵—人／松本武夫—年

井伏鱒二—夜ふけと梅の花|山椒魚　秋山 駿——解／松本武夫—年

井伏鱒二—鞆ノ津茶会記　加藤典洋—解／寺横武夫—年

井伏鱒二—釣師・釣場　夢枕 獏——解／寺横武夫—年

色川武大—生家へ　平岡篤頼—解／著者———年

色川武大—狂人日記　佐伯一麦—解／著者———年

色川武大—小さな部屋|明日泣く　内藤 誠——解／著者———年

岩阪恵子—木山さん、捷平さん　蜂飼 耳——解／著者———年

内田百閒—百閒随筆 II 池内紀編　池内 紀——解／佐藤 聖——年

内田百閒—[ワイド版]百閒随筆 I 池内紀編　池内 紀——解

宇野浩二—思い川|枯木のある風景|蔵の中　水上 勉——解／柳沢孝子—案

梅崎春生—桜島|日の果て|幻化　川村 湊——解／古林 尚——案

梅崎春生—ボロ家の春秋　菅野昭正—解／編集部——年

梅崎春生—狂い凧　戸塚麻子—解／編集部——年

梅崎春生—悪酒の時代 猫のことなど —梅崎春生随筆集—　外岡秀俊—解／編集部——年

江藤淳——成熟と喪失 —"母"の崩壊—　上野千鶴子-解／平岡敏夫—案

江藤淳——考えるよろこび　田中和生—解／武藤康史—年

江藤淳——旅の話・犬の夢　富岡幸一郎-解／武藤康史—年

江藤淳——海舟余波 わが読史余滴　武藤康史—解／武藤康史—年

江藤淳
蓮實重彦—オールド・ファッション 普通の会話　高橋源一郎-解

遠藤周作—青い小さな葡萄　上総英郎—解／古屋健三—案

遠藤周作—白い人|黄色い人　若林 真——解／広石廉二—年

遠藤周作—遠藤周作短篇名作選　加藤宗哉—解／加藤宗哉—年

遠藤周作—『深い河』創作日記　加藤宗哉—解／加藤宗哉—年

遠藤周作—[ワイド版]哀歌　上総英郎—解／高山鉄男—案

大江健三郎-万延元年のフットボール　加藤典洋—解／古林 尚——案

講談社文芸文庫

大江健三郎-叫び声	新井敏記──解／井口時男──案
大江健三郎-みずから我が涙をぬぐいたまう日	渡辺広士──解／高田知波──案
大江健三郎-懐かしい年への手紙	小森陽一──解／黒古一夫──案
大江健三郎-静かな生活	伊丹十三──解／栗坪良樹──案
大江健三郎-僕が本当に若かった頃	井口時男──解／中島国彦──案
大江健三郎-新しい人よ眼ざめよ	リービ英雄-解／編集部───年
大岡昇平──中原中也	粟津則雄──解／佐々木幹郎-案
大岡昇平──花影	小谷野 敦──解／吉田凞生──年
大岡 信───私の万葉集一	東 直子───解
大岡 信───私の万葉集二	丸谷才一──解
大岡 信───私の万葉集三	嵐山光三郎-解
大岡 信───私の万葉集四	正岡子規──附
大岡 信───私の万葉集五	高橋順子──解
大岡 信───現代詩試論｜詩人の設計図	三浦雅士──解
大澤真幸──〈自由〉の条件	
大澤真幸──〈世界史〉の哲学 1 古代篇	山本貴光──解
大澤真幸──〈世界史〉の哲学 2 中世篇	熊野純彦──解
大澤真幸──〈世界史〉の哲学 3 東洋篇	橋爪大三郎-解
大澤真幸──〈世界史〉の哲学 4 イスラーム篇	吉川浩満──解
大西巨人──春秋の花	城戸朱理──解／齋藤秀昭──年
大原富枝──婉という女｜正妻	高橋英夫──解／福江泰太──年
岡田 睦───明日なき身	富岡幸一郎-解／編集部───年
岡本かの子-食魔 岡本かの子食文学傑作選 大久保喬樹編	大久保喬樹-解／小松邦宏──年
岡本太郎──原色の呪文 現代の芸術精神	安藤礼二──解／岡本太郎記念館-年
小川国夫──アポロンの島	森川達也──解／山本恵一郎-年
小川国夫──試みの岸	長谷川郁夫-解／山本恵一郎-年
奥泉 光───石の来歴｜浪漫的な行軍の記録	前田 塁───解／著者────年
奥泉 光 群像編集部 編-戦後文学を読む	
大佛次郎──旅の誘い 大佛次郎随筆集	福島行一───解／福島行一───年
織田作之助-夫婦善哉	種村季弘──解／矢島道弘──年
織田作之助-世相｜競馬	稲垣眞美──解／矢島道弘──年
小田 実───オモニ太平記	金 石 範──解／編集部───年
小沼 丹───懐中時計	秋山 駿───解／中村 明───案

講談社文芸文庫

小沼丹——小さな手袋	中村 明——人／中村 明——年
小沼丹——村のエトランジェ	長谷川郁夫—解／中村 明——年
小沼丹——珈琲挽き	清水良典——解／中村 明——年
小沼丹——木菟燈籠	堀江敏幸——解／中村 明——年
小沼丹——藁屋根	佐々木 敦—解／中村 明——年
折口信夫—折口信夫文芸論集 安藤礼二編	安藤礼二——解／著者———年
折口信夫—折口信夫天皇論集 安藤礼二編	安藤礼二——解
折口信夫—折口信夫芸能論集 安藤礼二編	安藤礼二——解
折口信夫—折口信夫対話集 安藤礼二編	安藤礼二——解／著者———年
加賀乙彦—帰らざる夏	リービ英雄—解／金子昌夫——案
葛西善蔵—哀しき父｜椎の若葉	水上 勉——解／鎌田 慧——案
葛西善蔵—贋物｜父の葬式	鎌田 慧——解
加藤典洋—アメリカの影	田中和生——解／著者———年
加藤典洋—戦後的思考	東 浩紀——解／著者———年
加藤典洋—完本 太宰と井伏 ふたつの戦後	與那覇 潤—解／著者———年
加藤典洋—テクストから遠く離れて	高橋源一郎—解／著者・編集部—年
加藤典洋—村上春樹の世界	マイケル・エメリック—解
加藤典洋—小説の未来	竹田青嗣——解／著者・編集部—年
加藤典洋—人類が永遠に続くのではないとしたら	吉川浩満——解／著者・編集部—年
金井美恵子-愛の生活｜森のメリュジーヌ	芳川泰久——解／武藤康史——年
金井美恵子-ピクニック、その他の短篇	堀江敏幸——解／武藤康史——年
金井美恵子-砂の粒｜孤独な場所で 金井美恵子自選短篇集	磯﨑憲一郎—解／前田晃——年
金井美恵子-恋人たち｜降誕祭の夜 金井美恵子自選短篇集	中原昌也——解／前田晃——年
金井美恵子-エオンタ｜自然の子供 金井美恵子自選短篇集	野田康文——解／前田晃——年
金子光晴—絶望の精神史	伊藤信吉——人／中島可一郎—年
金子光晴—詩集「三人」	原 満三寿—解／編集部——年
鏑木清方—紫陽花舎随筆 山田肇選	鏑木清方記念美術館—年
嘉村礒多—業苦｜崖の下	秋山 駿——解／太田静——年
柄谷行人—意味という病	絓 秀実——解／曾根博義——案
柄谷行人—畏怖する人間	井口時男——解／三浦雅士——案
柄谷行人編-近代日本の批評 Ⅰ 昭和篇上	
柄谷行人編-近代日本の批評 Ⅱ 昭和篇下	
柄谷行人編-近代日本の批評 Ⅲ 明治・大正篇	
柄谷行人—坂口安吾と中上健次	井口時男——解／関井光男——年

講談社文芸文庫

柄谷行人	日本近代文学の起源 原本	関井光男──年
柄谷行人 中上健次	柄谷行人中上健次全対話	高澤秀次──解
柄谷行人	反文学論	池田雄一──解／関井光男──年
柄谷行人 蓮實重彥	柄谷行人蓮實重彥全対話	
柄谷行人	柄谷行人インタヴューズ1977-2001	
柄谷行人	柄谷行人インタヴューズ2002-2013	丸川哲史──解／関井光男──年
柄谷行人	[ワイド版]意味という病	絓 秀実──解／曾根博義──案
柄谷行人	内省と遡行	
柄谷行人 浅田彰	柄谷行人浅田彰全対話	
柄谷行人	柄谷行人対話篇Ⅰ 1970-83	
柄谷行人	柄谷行人対話篇Ⅱ 1984-88	
柄谷行人	柄谷行人対話篇Ⅲ 1989-2008	
柄谷行人	柄谷行人の初期思想	國分功一郎-解／関井光男・編集部-年
河井寬次郎	火の誓い	河井須也子-人／鷺 珠江──年
河井寬次郎	蝶が飛ぶ 葉っぱが飛ぶ	河井須也子-解／鷺 珠江──年
川喜田半泥子	随筆 泥仏堂日録	森 孝一──解／森 孝一──年
川崎長太郎	抹香町｜路傍	秋山 駿──解／保昌正夫──年
川崎長太郎	鳳仙花	川村二郎──解／保昌正夫──年
川崎長太郎	老残｜死に近く 川崎長太郎老境小説集	いしいしんじ-解／齋藤秀昭──年
川崎長太郎	泡｜裸木 川崎長太郎花街小説集	齋藤秀昭──解／齋藤秀昭──年
川崎長太郎	ひかげの宿｜山桜 川崎長太郎「抹香町」小説集	齋藤秀昭──解／齋藤秀昭──年
川端康成	一草一花	勝又 浩──人／川端香男里-年
川端康成	水晶幻想｜禽獣	高橋英夫──解／羽鳥徹哉──案
川端康成	反橋｜しぐれ｜たまゆら	竹西寛子──解／原 善──案
川端康成	たんぽぽ	秋山 駿──解／近藤裕子──案
川端康成	浅草紅団｜浅草祭	増田みず子-解／栗坪良樹──案
川端康成	文芸時評	羽鳥徹哉──解／川端香男里-年
川端康成	非常｜寒風｜雪国抄 川端康成傑作短篇再発見	富岡幸一郎-解／川端香男里-年
上林暁	聖ヨハネ病院にて｜大懺悔	富岡幸一郎-解／津久井 隆──年
菊地信義	装幀百花 菊地信義のデザイン 水戸部功編	水戸部 功──解／水戸部 功──年
木下杢太郎	木下杢太郎随筆集	岩阪恵子──解／柿谷浩一──年

講談社文芸文庫

講談社文芸文庫

稲葉真弓

半島へ

親友の自死、元不倫相手の死、東京を離れ、志摩半島の海を臨む町に移住した私。人生の棚卸しをしながら、自然に抱かれ日々の暮らしを耕す。究極の「半島物語」。

解説=木村朗子

いＡＤ１

978-4-06-536833-6

安藤礼二

神々の闘争　折口信夫論

解説=斎藤英喜　年譜=著者

あＶ２

978-4-06-536305-8

折口信夫は「国家」に抗する作家である——著者は冒頭こう記した。では、折口の考えた「天皇」はいかなる存在か。アジアを真に結合する原理を問う野心的評論。